不要从早到晚寻找人生的意义,贴着地过日子。

是热气腾腾地活着

铁凝 冯骥才 濮存昕 等 著

《作家文摘》 编

人民东方出版传媒
People's Oriental Publishing & Media
东方出版社
The Oriental Press

《作家文摘》名家散文系列

主　编　孔　平
副主编　魏　蔚
编　辑　王晓君　裴　岚

目录

把日子过好

一座城,一生缘　聂虹影	002
成都,成都　袁远	006
不要跟春天说话　鲍尔吉·原野	011
乡村很自卑　于坚	018
乡愁是被大风吹散的月光　海飞	024
每个人的傍晚都住着故乡的晚霞　程黧眉	028
永远的异乡人　林少华	035
家在古城　范小青	039

漂泊者的南瓜灯　左梨	046
在山那边的蛮荒里　蔡骏	050
故乡比我们更漂泊　李晓	054
把日子过好　冯秋子	058
别来忽忆君　雪小禅	062

听音记　胡竹峰	066
唱歌的麦田　蒋建伟	071
一座城的生灵烟火　迟子建	079
浮世烟火　李　娟	086

请用一场雪款待我

贵阳：隐秘而伟大的火锅之城　胡万程	092
兰州：一座城一碗面　王　飞	097
去上海老酒馆乐胃　马尚龙	102
石家庄的安徽牛肉板面　王枪枪	105
成都："泡"在茶馆里的城市　蒋光耘	107
小日子　乔　叶	113
额外的东西　张　欣	117
味道　王　干	120

东风大院的"年"　于秋月	125
岁酒一杯迎新春　黄元琪	130
腊味中的年序更迭　孙晓明	133
善品阁的"文人菜"　余　庆	136
曹雪芹的春节　静　嘉	143
手炉知暖　陆明华	148
请用一场雪款待我　汤世杰	151

桑干河畔的情思

草戒指　铁　凝	158
壁画　冯骥才	164
昆明的芥川　张承志	167
沁河的水声　李　洱	173
两棵树上,一棵树下　刘醒龙	176
三角梅阳台　彭　程	181

在玉龙喀什河捡玉石　简　默	188
王家界访古　熊召政	192
岳飞的黄鹤楼　刘汉俊	198
桑干河畔的情思　桑　农	203
我的北大荒岁月　濮存昕	207
平遥古城的"少东家"们　孙亮全	214
鼓浪屿：袖珍小岛的世界气质　黄　薇	219

在瓦拉纳西寻找心灵归宿　马　剑	224
大理风花雪月　丹　增（藏族）	228
沁河水流长　王锦慧	232
美是易损的　朱　鸿	236
爱自己的最高级，是热气腾腾地活着　李　娜	247

「把日子过好」

世界上一切的桥、一切的路,无论是多少左转右弯,最后总是回到自己的门口。

一座城,一生缘

聂虹影

对一个城市的感受是整体的,对它的怀念却是具体的。

走过的城市里,有个叫作济南的地方,每每在报上看到,在电台里听到,听人谈到,心都会为之一振,那种熟悉的感觉,让我马上想起那里的风景,想起那里的天气、那里的某种植物,或者说一段往事里的某个情节,心会在瞬间莫名地柔软起来、惆怅起来。

这个城市曾经安放了我的青春,孕育了我的爱情,放飞了我的梦想,曾让我无比亲近地接触、感知了许多许多时日。

第一次踏上这片土地,是军校报到时,走下火车的我有一丝无助和茫然,而在此之前,一直是兴奋的,因为兴奋,犯了这辈子想起都忍俊不禁的错误:准备行囊时包里的军用胶鞋一只是35码的、一只是36码的。小小的包里,却将两把藕荷色的雨伞都装了进来。

济南并不是一个让人一见钟情的地方，面对火车站的嘈杂和无序，面对军校所处段店的荒凉和落寞，我的心还是有一丝的失望，济南的魅力是我在随后的岁月中渐渐感受到的。用老舍先生的话说，这里"每一个角落，似乎都存在着一些生命的痕迹，每一个小小的变迁，都引起一些感触"。

和当年的战友如今的爱人第一次结伴外出，去的是千佛山。为了那次出行，爱人花了整整一个晚上，查遍资料室的资料，将千佛山的典故摘抄了十几页，温习到下半夜——因为那时我们的关系还没明确。而我，只顾为它的壮美和亮丽而感动，从头至尾居然一个问题也没有问，搞得一心想显摆的爱人很是沮丧。

第一次步入大明湖，是在那个夏天，我不知道，在这样一个散发着老旧气息的城市里，会隐着这样一个好的地方：清幽，雅致，没有人世的烟尘。只静静地，无争地，化作一湖碧水。整个湖面没有洞庭湖的厚重，没有西湖的张扬，环绕湖岸的垂柳，一色凝绿的荷叶，千种风情的莲花，让人感到任何污杂的东西都难以停留在心中。

学校在济南西郊，外出都是坐9路公交车到市里，从段店到槐荫广场到大观园，一路过去，窗外的景象由简陋慢慢变得繁华，城市的面目也由模糊渐成清晰。公交车转了一个弯，进入另一条大路，悬铃木的浓荫扑面而来，市声仿佛陡然升起。在繁华地段，人流也并不拥挤，人的神色平静，甚至有点懒散，午后的太阳斜照，

在巍峨的商厦涂画金黄的写意,读去也是临近黄昏的阑珊和闲适。

有人说,任何一个城市都是一个大染缸,待久了就好了。可我从不觉得这个形容词适合济南。也许大水缸更恰当些。那是个很安稳的城市,无论你怎么折腾,也会慢慢地沉淀下来。

退休后的公公婆婆回了苏州老家,济南的房子也低价卖掉了,我和爱人早在16年前也离开了那里。可是,闲暇时还是没边没际地怀念济南。

多次梦见我和爱人在济南的泉城路上走啊走,东图、人民广场、四海香、百货楼、解放桥……还是许多年前的风貌,梦中没有泉城广场、没有银座,因为那是后续的风景。做这些梦时我在另一个繁华现代程度不亚于济南的城市,可我,还是想念那片明泉与长河兼备、湖光跟山色辉映的天地。

想忧愁的李清照轻轻晃动双溪的舴艋舟,想古龙笔下的大明湖依稀佳人月下凝望,想解放桥上曾经坐错车的车站,想校园里嬉笑过的身影，想植物园中风吹树叶的沙沙声，想我爱的人曾经相依的地方，可是却怎么也回不去了……

漫长的岁月中也渐渐学会了怎样去放弃，放不下的是情感，还有思念。如今的泉城路已不是当年的泉城路，经过改造建成全长1560米、宽5米的街道，成为目前国内最长的商业街之一。知道了扩宽的马路正好压过济南的老城区。就连位于济南卫巷北端、建于康熙年间的准题庵——泉城路现存最老的建筑，也变成了一片废墟。而大明湖的岸边也有了很多现代化的事物。尽管知道这些时，有种历史的疼痛感，但依然割舍不下这份济南情结，反而更加剧了思念。

于是我们开始用生命来怀念济南，怀念那些穿行于时间和空间中自由自在的阳光，怀念那些沉淀于历史影像中的斑驳土墙，怀念那护城河畔杨柳青青中的桨声灯影，怀念那胡同深处灰砖青瓦上呢喃的归燕，怀念白梅从高墙里探头的缕缕清香，还有那因为整编从解放军序列中永远消失了的我的母校。

"这里不是我的故乡，却有我的主场。"想起济南时，脑海里常常涌现出这句诗，于是明白了，喜欢一个城市，并不是发现了很多美丽的地方，而是积累了太多美好难忘的时光。

成都，成都

袁　远

一

多年前，成都是我的异乡。住久了，往事长进记忆，流光生出根须，缓缓撑开记忆地图上的山川草木、城郭街巷，于是，异乡渐成故乡。

我第一次进成都，三岁那年。父母带着我从北京南迁贵州，目的地黔东南，一个藏于深山的保密基地。途经成都，短暂停留，我的手因而拽住了成都猛追湾老游泳池池边的一根铁栏杆。这动作保留在一张黑白老照片上。

再来成都，火车穿越白昼与黑夜，大小行李肩背手提，一头走进大学校门。四年光阴，除了校园，最熟悉的莫过于校门外人头攒动的老培根路，夜间昏灯下摆摊卖旧书的老九眼桥，女生们拉手挽臂去淘便宜衣服的老春熙路，还有就是当年的空军礼堂了。坐在男生自行车后座上，薄雾染白的夜色轻微鼓荡，凉风推着雾气刷过耳畔，而激昂的诗歌朗诵会，小众的文艺电影，喧嚣的川剧表演以及魅异的实验话剧，正在夜的那一头，张开怀抱。

毕业后离开成都，再来已是两年之后。辞了公职、丢了铁饭碗的我，再不是当初有校园可寄身的学生了。若把成都比作文学世界里的巴黎，那时来自一个二线城市的我，无疑成了巴尔扎克笔下，一穷二白的"外省青年"中的一个。

有人说，每个走进大城市的人，皆有自己所求，或求生存，或追梦想。我去职来到成都的初衷，是找寻朋友。不是找某一个，而是找某一群。在我想象里，那是一个把文学当空气来呼吸的异质之群，是把日子过得飞起来的一个别样族群，是现实生活的叛军，是令人瞠目的异端。他们与我相不相识无关紧要，要紧的是，当我抬起眼，能望见那群人飞翔的身影，能听到他们飞翔的声音，能感受到空气中的闪电与震荡，那就足够美妙。

有意思的在于，我其实是个特别不善于跟人交际的人，给人打个电话都有各种心理障碍，在人群面前，永葆退缩之姿。于是，我这个前来找寻想象中同类的人，一路退缩着，默默旁观着，终于随着时光之河的淙淙流淌，如期退到一个僻静角落。当然，这个角落，是成都提供给我的。

二

就我们这些"外省青年"来说,即便在貌似以游手好闲为己任的闲散成都,解决生计肯定不是靠整日喝茶。不过,成都这地方确有一批人,能够不动声色、无为而为地,把该做的事做了,把该挣的钱挣了,然后,就是喝茶打牌吃美食。成都的特点在于,无论是事务多么繁忙、生活多么奔波的人,总不会耽误一杯闲茶。但凡遇着空中太阳出巡,就是理所当然的喝茶日,这是成都人的共识。

我后来应聘进入一家规模很大的报社,其发行量、影响力在本地是数一数二的。成都调子再慢,生活再闲,在这种大报社里的工作,情况就完全不一样了。我们的工作总在高速运转,记者手机24小时待命,半夜两三点被从床上叫起披挂上阵;编辑连轴熬夜熬成兔子眼;从早到晚催命似的电话铃声、催稿的叫喊声、上司的训斥声、下属的应辩声、敲键盘的噼啪声、如风一样来去的脚步声,交响不绝。我在报社副刊,相对不那么紧张,却也绝不轻松。我们做的是大副刊,部门因而配有记者。自来,四川女子骨子里有股泼辣劲,成都发达的传媒体系,激烈的报业竞争,又相当豪迈地为本地输送了大批"女汉子"。虽然我依旧不擅与人打交道,在人际交往方面总做不到游刃有余,可是谈吐举止也大有了汉子之风。

生计不成问题之后,是向上走,求升职?向前跨,求财富?转个弯,发展个人产业?还是散淡下来,爱做什么做什么?这就又面临选择。向上走、向前跨,自然不乏其人;发展个人产业,随后成功转型,案例亦不鲜见;然而,不求位不求钱,只图个逍遥安适、自由自在,这样的人,成都同样会成全他。多年以后,我见到当年一些老同事,无官位的、没发财的、连工作都没有的不少,却没什么人愁眉苦脸,该谈笑谈笑,该喝茶喝茶。

就是在那个报社工作期间,我开始像成都本地人和新本地人一样,时不时泡茶馆。大慈寺里的露天茶馆,是我们常去之处。古旧建筑,参天老树,青砖院坝,青花茶碗,成都经典的阴天伴着茶香氤氲,托起了多少人的浮生半日闲,或者,成都式的忙里偷闲。

三

当一个外乡人,在一座城市有了房、置了业,获得了安身之所,按通常标准,就等于安居下来了。到这个阶段,你基本会万无一失地发现,日常生活提供的可能性和戏剧性极其有限。两点

一线，毕竟是大多数人的常态，城市再大景观再多，生活到底欠缺流动性。精神领域的通关，上升为紧迫之事。

  我在成都这些年，有一段不短的时间，内心里总有一个死不改悔的声音："离开，离开！"每过一时，这声音就要鼓噪起来。成都是安乐窝、温柔乡，然而生活的悖论恰恰是：生活在别处，风端。曾有一些朋友问过我，为何要走得那么远。这又要说到成都了，早年的空军礼堂，在我读大学期间，放映过一部影片《走出非洲》，那是我第一次见识到非洲辽阔的异域风光，迥异的人文风情，如受电击，心醉神迷。那就是根源所在。

  在国外的日子，实话说，我没怎么想念过成都，然而每当别的中国留学生向我问起成都时，有趣的事情就来了：一开始，我总是想一分为二地介绍它，但每次说着说着，就变成了唱赞歌。我终于发现，在成都生活过的人，对这个城市总会有不那么容易戒除的精神成瘾性。

  在国外生活近两年后，我又回到了成都。似如游子归乡，漫长归途中，我体会到了回归成都的急切心情。小时候，我随父母辗转迁徙多地，心中并无什么故乡概念，正是那一次的离开又返回，我确认了这个地方，我愿意回去也回得去的地方，我已然久居并还可以久居下去的地方，这，就是家乡。

不要跟春天说话

鲍尔吉·原野

春天喊我

街上有今年的第一场春雨。

春雨知道自己金贵，雨点像铜钱一般"啪啪"甩在地上，亦如赌徒出牌。

下班的人谁也不抱怨，这是在漫长的冬天之后的第一场天水；人们不慌张，任雨滴清脆地弹着脑门。在漫长的冬天，谁都盼着探头一望，黄土湿润了，雨丝随风贴在脸上。但是在冬天，即使把一瓢瓢清水泼在街上，也洒不湿世界，请不来春意，除非是天。

然而在雨中，土地委屈着，浮泛腥气，仿佛埋怨雨水来得太晚。土地是任性的情人，情人总认为对方迟到于约会的时间。在犹豫的雨中，土地扭脸赌着气，挣脱雨水的臂膀。那么，在眼前

已经清新的时刻,凹地小镜子似的水坑向你眨眼的时刻,天地融为一体。如同夫妻吵架不须别人苦劝,天地亦如此。

在下雨之前,树枝把汁水提到了身边,就像人们把心提到嗓子眼儿,它们扬着脖颈等待与雨水遭逢。我想,它们遭逢时必有神秘的交易,不然叶苞何以密密鼓胀。

路灯下,一位孕妇安然穿越马路,如树的剪影。我坐在街心花园的石椅上,周围是恋爱的人。雨后的春花,花园中恋爱的人即使增加十倍也不令人奇怪。我被雨水洗过的黑黝黝的树枝包围了,似乎准备一场关于春天的谈话。

树习惯于默不作声,但我怎能比树和草更有资格谈论春天呢?大家在心里说着话。起身时,我被合欢树的曲枝扯住衣襟。我握着合欢的枝,握着龙爪槐的枝,趴在它们耳边说:"唔,春天喊我!"

春天是改革家

四季当中,春天最神奇。夏季的树叶长满每一根枝条时,花朵已经谢了,有人说"我怎么没感觉到春天呢?"

春天就这样,它高屋建瓴。它从事的工作一般人看不懂,比如刮大风。风过后,草儿绿了;再下点雪,然后开花。之后,不妨碍春天再来点风或雨或雨夹雪,树和草不知是谁先绿的。河水开化了,但屋檐还有冰凌。

想干啥干啥，这就是春天的作风。事实上，我们在北方看不到端庄娴静的春天，比如油菜花黄着，蝴蝶飞飞。柳枝齐齐垂在鸭头绿的春水上，苞芽鹅黄。黑燕子像钻门帘一样穿过枝条。这样的春天住在江南，它是淑女，适合被画成油画、水彩、被拍照和旅游。北方有这样的春天吗？没见过。在北方，春天藏在一切事物的背后。

在北方，远看河水仍然是白茫茫的冰带，走近才发现这些冰已酥黑，灌满了气泡，这是春天的杰作。虽然草没有全绿，树未吐芽，更未开花，但脚下的泥土不知从何时泥泞起来。上冻的土地，一冻就冻三尺，是谁化冻成泞？春天。

像所有大人物一样，春天惯于在幕后做全局性、战略性的推手。让柳叶冒芽只是表面上的一件小事，早做晚做都不迟。春天在做什么？刚刚说过，它让土地解冻三尺，这是改革开放，是把冬天变成夏天——春天认为，春天并不是自然界的归宿，夏、秋和冬才是归宿或结果——这事还小吗？

春天既然是大人物，就不为常人所熟知。它深居简出，偶尔接见一下春草、燕子这些春天的代表。春天在开会，在讨论土地开化之后泥泞和肮脏的问题。许多旧大员认为土地不可开化，开化就乱了，泥泞的样子实在给"春天"这两个字抹黑。这些讨论是呼呼的风声，我夜里常听到屋顶有什么东西被吹得叮当响，破门拍在地上，旧报纸满天飞。这是春天会议的一点小插曲。春天一边招呼一帮人开会，另一边在化冻，催生草根吸水，柳枝吐叶，把热气吹进冰层里，让小鸟满天飞。春天看上去一切都乱了，一切却在突然间露出了崭新的面貌。

春天暗中做的事情是让土地复苏，让麦子长出来，青草遍布天涯。"草都绿了，冬天想回也回不来了。"这是春天常说的一句话。春天并不是冬天到达夏天的过度，而是变革。世间最艰难的斗争是自然界的斗争，最酷烈的，莫过于让万物在冬天里复苏。冬天是冷酷的君王，拒绝哪管是微小的变化。一变化，冬天就不成其为冬天了，正如不变化春天不成其为春天。春天和冬天的较量，每一次都是春天赢。谁都想象不到，一寸高的小草，可以打败一米厚的白雪，白雪认为自己这么厚永远都不会融化。如果它们是钱，永远花不完。积雪没承想自己不知不觉变成沟壑里的泥汤。

春天朴素无物，春天大象无形，春天弄脏了世界又让世界进入盛夏。春天变了江山即退隐，柳枝的叶苞就是叶苞，它并不是春天。青草也只是一株草，也不是春天。春天以"天"作为词尾，它和人啊树啊花啊草啊牛啊羊啊官啊长啊都不一样，它是季候之神，说来就来，说走就走。爱照相的人跟夏天合影、跟秋天合影、跟冬天合影，最难的是跟春天合一张影，它们的脚步比"咔嚓"声还要快。

不要跟春天说话

春天忙。如果不算秋天,春天比另两个季节忙多了。以旅行譬喻,秋天是归来收拾东西的忙,春天是出发前的忙,不一样。所以,不要跟春天说话。

蚂蚁醒过来,看秋叶被打扫干净,枯草的地盘被新生的幼芽占领,才知道自己这一觉睡得太长了。蚂蚁奔跑,检阅家园。去年秋天所做的记号全没了,蚯蚓松过的地面,使蚂蚁认为发生了地震。打理这么一片田园,还要花费一年的光景,所以,不要跟蚂蚁说话。

燕子斜飞。它不想直飞,免得有人说它像麻雀。燕子口衔春泥,在裂口的檩木的檐下筑巢,划破冬日的蛛网。燕子忙,哪儿有农人插秧,哪儿就有燕子的身影。它喜欢看秧苗排队,像田字格本。衔泥的燕子,从不弄脏洁白的胸衣。在新巢筑好之前,不要跟燕子说话。

如果没有风,春天算不上什么春天。风把柳条摇醒,一直摇出鹅黄。风把冰的装甲吹酥,看一看冰下面的鱼是否还活着。风敲打树的门窗,催它们上工。风把积雪融化的消息告诉耕地:该长庄稼了。别对风说"嗨",也别劝它休息。春风休息,春天就结束了。所以,不要跟春风说话。

雨是春天的战略预备队。在春天的战区,风打前阵,就像空军作第一轮攻势一样，摧枯拉朽，瓦解冬天的军心。雨水的地面部队紧接着赶到，它们整齐广大，占领并搜索每一个角落，全部清洗一遍，让泥土换上绿色的春装。不要跟它们讲话，春雨军纪严明。

草是春天的第一批移民。它们是老百姓，拖儿拉女，自由散漫。草随便找个地方安家，有些草跑到老房子屋顶，以及柏油路裂缝的地方。草不管这个，把旗先竖起来再说。阳光充足的日子，草晾晒衣衫被褥，弄得乱七八糟。古人近视，说"草色遥看近却无"。哪里无？沟沟壑壑，连电线杆子脚下都有草的族群。人见春草生芽，舒一口气，道：春天来了！还有古人作诗："溪上谁家掩竹扉，鸟啼浑似惜春晖。"（戴叔伦《过柳溪道院》）"渭北春天树，江东日暮云。"（杜甫《春日忆李白》）春晖与春树都比不过草的春意鲜明，它们缝春天的衣衫，不要跟忙碌的缝衣匠说话。

"管仲上车曰：'嗟兹乎！吾不能以春风风人，吾不能夏雨雨人，吾穷必矣'"。（《说苑·贵德》）没有谁比春天更厉害，管仲伤感过甚。看春天如看大戏，急弦繁管，万物萌生。在春天，说话的主角只有春天自己，我们只做个看官。

乡村很自卑

于 坚

最近到村子里去转转,发现乡村很自卑,几千年农耕文明培养起来的,那种"童孙未解供耕织,也傍桑阴学种瓜"式的自信和存在感,几乎完全被电视里宣传的那个时髦世界击垮了。那个黑盒子日复一日地通过广告、娱乐明星、肥皂剧暗示着,那种知足常乐、与世无争、勤俭节约……的生活世界必须赶紧抛弃,生活在别处。勤劳致富,不能致富的勤劳是愚昧的。如果既不穷,也没有富,仅仅是热爱劳动,热爱田野,有着陶渊明式的世界观,"种豆南山下,草盛豆苗稀。晨兴理荒秽,带月荷锄归",那么就是朝着穷途末路狂奔了。乡村已经没有信心再肯定"暧暧远人村,依依墟里烟"式的诗意世界。

海德格尔在德国是哲学王,他的重要思想之一就是肯定根源于古老乡村世界的"诗意的栖居"。"常常有人认为，方言是对普通话和书面语的糟蹋，让普通话和书面语变得畸形丑陋。但事实恰恰相反，土语是任何一种语言生成的秘密源泉。任何蕴含在自身中的语言精神都从此一秘密源泉流向我们。……恰恰是瑞士山区与河谷地带完好无损地保留住了土语这种高贵的财富：在他们的土语中，他们不只能言说，而且还能思想和作为。"

综观中国当代哲学，如果它真的存在的话，恐怕看不到谁还在为乡土中国摇旗呐喊。一个世纪以来的中国思潮，无不向着现代去。人们很少去总结乡土中国何以存在了五千年，对于文明，它的积极意义、现代性何在？乡土中国似乎只是住着一群阿Q。年轻人几乎全部离开了乡村到城里去学普通话，改善经济条件其实还是次要的，他们要改变的是乡村这种古老命运。

人们并不是不再关心乡村，他们太关心了，他们比慢条斯理的乡村更关心乡村，他们关心的是乡村消亡的速度还不够"更高、更快、更强"，他们那种拯救式的关心加速了乡村的自卑和毁灭。海德格尔揶揄道："城里来的人，只要他与农夫长谈了一次，他就会认为自己屈尊'深入百姓了'。"

人类历史经验有农村经验和城市经验，但并非城市经验就是人类未来的唯一方向。西方基于自己的历史和处境，城市化比较发达，但西方经验并非唯一的经验。亚细亚乡村经验也是一种永恒

的经验；如果与海德格尔们的民族史比较的话，恐怕是更重要的经验。这不仅仅是一个土地红线的问题（没有世界观的土地红线是守不住的）。我以为，就文明的根基来说，城市化在中国，并不是一个主要的方向，而是一个次要的方向，如果这一点不明白，最后会有民族消亡的危险。

虽然西方有尤利西斯那样的还乡之路，但西方更强大的文明方向，是一种在路上的状态，而不是亚细亚的乡土观念，"持盈守成，神祇祖考安乐之也"。中国过去的文明经验，历史、文学、对世界的意识、风俗、传统、生活方式，都来自乡土中国。乡土中国不仅仅是所谓的穷乡僻壤、城中村。它是我们的哲学史、宗教史、文学史、美学史、文明史、风俗史、音乐、舞蹈、艺术……的起源和根基，"他们不只能言说，而且还能思想和作为"。乡村是那座巨大的中国图书馆的作者，仔细根究的话，中国作者，哪一个不是来自乡村？

今日中国的舆论使乡土中国声名狼藉，自惭形秽。最后的结果是使中国人对自己的历史自惭形秽。没有历史的中国固然一切可以从头开始，从学着西方人使用刀叉开始。但用乡村路旁的竹子制造的筷子永远会唤起乡愁。重要的是，毁灭抛弃乡土中国的结果，我们今天已经日益感觉到了，巨大的乡愁正在人心深处蔓延。对原生态的呼唤、对环境的担忧；中学生已经无法理解"予观夫巴陵胜状，在洞庭一湖。衔远山，吞长江，浩浩汤汤，横无际涯……"。世界最庞大的旅游团总是潮水般地朝着幸存的穷乡僻壤涌去，朝着"明月松间照，清泉石上流"的剩水残山涌去……过去，我们"落叶归根"，我们"衣锦还乡"，如今我们衣锦灿烂，乡却不在了，根也不在了。西方人喜欢"在路上"，他们跟着摩西。我们也"在路上"了，我们跟着谁？——乡愁。

乡愁并非那些聪明讨巧之辈所揶揄的"小资情调"，"在乡愁所有的言说中，它始终呵护着本真的东西，呵护着作为居者的人所熟稔的东西。"

乡愁是被大风吹散的月光

海 飞

倒上这第一杯酒的时候,我开始相信,乡愁就是被大风吹散的月光。如此零碎,细微,温暖,凉薄,却又无处不在。

村庄沉睡。我久未谋面的小伙伴们都已人到中年,他们用单薄而且日渐老去的身体,护卫着妻儿老小。突然之间觉得,人生匆忙,所有经过的码头都不能回头。多少的月光下,我们依稀还只是衣衫单薄的少年。多少的月光下,我们又突然发现双鬓有了零星的白发。在风尘里打滚儿,我们变得参差不齐的城府和世故、精明,以及些许的狡黠。只有月色是洁白的,像童年时课桌上未曾写下一笔一画的纸张。而面对着沉睡的黑黝黝的村庄,以及那些在月色之中休眠着的各色人生,我大抵是能想见明晨村庄或被大雾封锁,或被阳光披洒,如果天气寒冷,可能还会见到一层玉树临风的白霜。

有人说温一壶月光下酒。那么故乡，白霜也是一种酒。其实，我的半个故乡在浙江诸暨一座叫丹桂房的村庄，我的另半个故乡在上海市杨浦区龙江路。我是被风吹来荡去的蒲公英。作为一名普通的植物，曾经有那么一片短暂的光阴里，我的故乡甚至是江苏南通一个叫环本的地方。我在那儿用我最青涩而美好的年纪服兵役3年，在时隔25年之后，我曾踏进陈旧的人去楼空的营房。辽阔与空旷，会增加你的孤独感，我就是站在营房操场上那个有着强烈孤独感的人。

我在杭州已经生活了12个年头，我觉得我就是杭州的一粒尘土，或者移植成功的蒲公英。在微信和各种通信技术如此发达的今天，我躲在我在露台上搭建的玻璃房里，数一寸又一寸的月光。我总是会在一些热闹过后的安静里，突然惦记沉睡在夜色中的丹桂房。我在玻璃房里看见风吹月光，也看见雨打屋瓦，那么激烈与温情、俗世与雅致。我也在玻璃房里写下了大量的文字，我在这狭小的空间里徘徊、喝茶、打电话、吃瓜子。凡人总是会做一些凡人才做的事，我也不例外。我家露台上搭建的玻璃房当然属于违建，在拆违的呼声中，玻璃房结束了她七年半的使命。

我觉得玻璃房的消亡，其实就是一种生命的解体，痛彻我的心肺。现在，当每一个夜晚来临，我可以直接走向一贫如洗的露台，月光可以自由拍打在我身上，但我觉得我长久地站在午夜的露台之上，是对玻璃房的一种怀念与默哀。

有人写下床前明月光的诗篇。那么故乡，请允许我的露台也成为一首长诗。

我喜欢一部叫作《明月几时有》的电影，也喜欢着这部电影的海报。海报做成了通缉令的样子，我们被酒通缉，被欲望通缉，被情感通缉，被家长里短、被凡尘俗世、被所有的灰尘通缉。我们整个的人生，是一场被通缉的人生。而月光，是这一场场通缉的见证者。

我喜欢张国荣的一首歌《风继续吹》：悠悠海风轻轻吹／冷却了野火堆。它让我突然觉得，野火堆是如此地在冷中有暖，在暗夜中有光。海风、春风、暖风、寒风、狂风、台风，以及世界上所有的风。我一直都在等待着它们的降临。而被大风吹散的月光，是不是我们人生的一个个停靠站，站台上能看到的最忧伤和美丽的风景。

杜甫兄说，露从今夜白，月是故乡明。那么故乡，你到底是照亮了我几分清瘦的乡愁。如果你站在丹桂房村的土埂上，向南而立，左手是溪水以及溪水发出的声音，当然也有月夜升腾的水气；右手是一座安静得像一张黑白照片一样的故乡，偶尔有某户人家一盏黄灯昏暗虚弱的亮起，像故乡睁开的一只老花眼。

我不是诗中的戍边将士，我只是镇守着人生的边关，我只是面对明月举起我手中的这杯酒，我只是想说，那么故乡，你若平安静好，就是我寄念于你的思绪与牵绊；我若月光加身，就是你加盖在我身上的不朽商标。

那么故乡，我最后还是要同你讲的。我始终相信，乡愁就是被大风吹散的月光。

每个人的傍晚都住着故乡的晚霞

程黧眉

人说,有一个时间,故乡会回来找你。

当我人到中年,面对故乡的故人,我知道这是时间保存到期、等候已久的礼物。

那一年我们相聚在加州,我与亚男和显宗,跨越了35年的光阴。

加州的阳光多有名呢?有许多歌子在唱它。其中《加州阳光》里面唱道:谁说幻灭使人成长?谁说长大就不怕忧伤?

那天一到加州,我就抬头仰望这久负盛名的天空了。阳光有若钻石般的棱角叠折,笔直的锐锋四射,一道又一道光芒刺得我睁不开眼睛。往远处看,海水正蓝,天空高远,帆影漂泊在天际,而此时我的家,已经在那大洋彼岸的深夜里了,人们睡得正香,父母已经年迈。

我的脑子里却一直回响着老鹰乐队的歌曲 *Hotel California*（《加州旅馆》）。

年轻的时候，我在北京南二环边的一栋高楼上，夜晚打开我的只属于那个年代的"先锋"音响，一遍一遍听音乐光盘。那些被打了孔的光盘银光闪闪，诉说着那个年代的时尚和哀愁。《加州旅馆》是我最喜欢的歌曲之一："在漆黑荒凉的高速公路上，凉风吹散了我的头发。"

所以到了加州，我一定坚持先找一个加州的旅馆，住一夜，然后再去赴约。

第二天从加州旅馆出发，去亚男和显宗的家，是在上午。

汽车打开了敞篷，一路阳光璀璨，一浪一浪洒在我的肩上，像一层层热沙，哗哗流泻。我抱了一盆鲜花，是送给亚男的花，她是小时候我们那个街区上最美的姑娘。

想起二十几年前我在北京的一个地铁站口，远远看见一个袅娜的姑娘走过来，在人群中兀自清高美丽，我轻声叫了一下：亚男。我们拉了拉手，在异乡的街头。

我手里是一盆兰花，就像 20 年前惊鸿一瞥的姑娘。

汽车在加州的高速公路上飞驰，风呼啸在耳边，我把花放在脚下，用胳膊围成一个屏障，怕风吹掉这些花蕊。

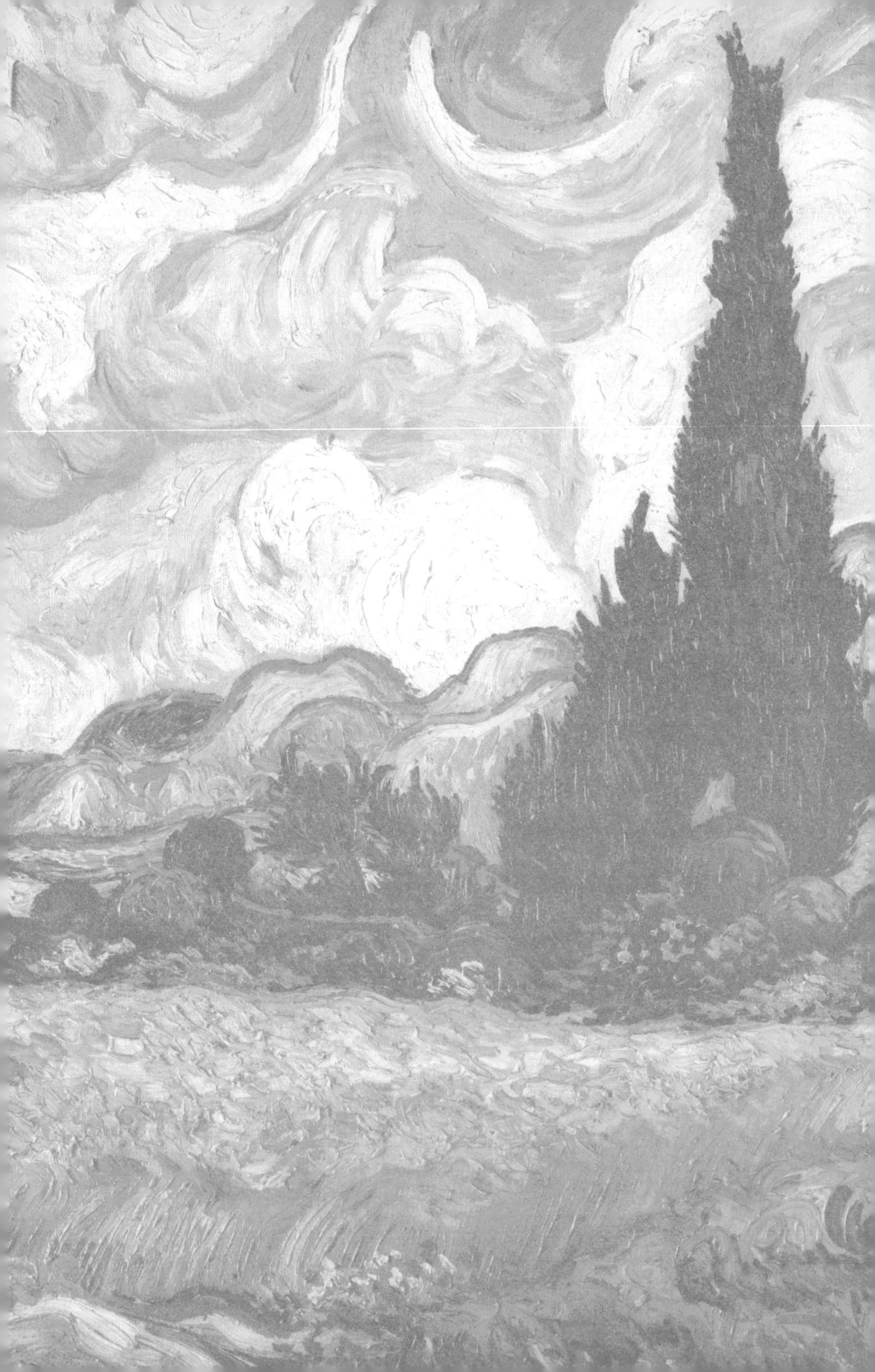

当我把鲜花放在门口玄关的刹那,一转身,我闻到了故乡红岸的味道,这个味道从哪里发出我不知道。我只是突然感到我的故乡,从天而降。

小时候看了太多关于故乡田园的诗:"田舍清江曲,柴门古道旁""一径野花落,孤村春水生";更有"春风又绿江南岸,明月何时照我还""日出江花红似火,春来江水绿如蓝,能不忆江南"。村庄和江南,似乎才是正宗的"故乡"原典,是地地道道的乡愁来处。

在我年轻的定义中,"故乡"就是"故"和"乡"的结合体,我向往凄凄落寞的枯藤老树、炊烟里的小桥流水。然而我发现我的故乡只有"故",却没有"乡"。

是的,我也有着无数长长短短的少年故事,那些故事发生在17岁之前,那些故事浅浅,如轻车之辙,不足以承载半部人生,但好歹也算是"故"事了。

但是我的故乡却真的没有"乡"。

乡是什么?是遥远的小山村,是漫山遍野的麦浪和田菽,村前流淌的小河,甚至还有在村口倚闾而望的爹娘?

而我的故乡,是最不像故乡的故乡,它矗立在遥远的北中国,那个地方叫"红岸"。那里的冬天漫天飞雪,少有的绿色是春天夏天街道两旁的杨树、柳树、榆树,它们掩映着一排排俄罗斯式的红砖楼房,楼房里有一张张少年的脸,常常在窗台趴着,不安,好奇,蠢蠢欲动。

那个地方盛产重型机器,一个个街区围绕着巨大的工厂,厂区里厂房林立,各种大型机器像庞然大物鸟瞰着我幼小的身躯,我觉得自己是一只蚂蚁,随时随地会粉身碎骨。

我在那里长大,在那些熟悉的街区里,一堆堆少年穿街走巷,疯狂生长。每天早上上学,可以沿途邀来一群伙伴,我们都是这个大工厂的第二代,大家不仅仅是同学,还是邻居、发小。每个人和每个人之间,总有千丝万缕的联系。如果你不认识这个人,但是中间最多不会间隔两个人,拐两个弯就是熟人了。那个时候没有电话,大家相约的方式就是挨家挨户找人。在楼下大声喊彼此的名字,是那个时代我们最为欢乐的事。

但是仿佛这些,都不是我年轻时代值得存忆的故乡。

我最后一次回故乡时,见到许多阔别多年不曾谋面的人,他们从我的记忆深处一一走来,我们像演电影一样邂逅、寒暄,一起辨认红岸大街旁的店铺和楼号,那一排排楼房里都曾经住着谁和谁?回忆起少年时代爱过的人与事,突然发现竟然我们也到了有故事的年纪。然而那些故事就像飘散的花朵,在海角天涯盛开、衰落,再盛开时,已经不再是原来的模样。

故乡早已变了模样,那些厂房依然坚固如昨,但是它们的创业者大多已经长眠于此,而我们这些继承者,却大多没有兑现父辈的誓言扎根在这片土地,当初的父辈远离自己的故乡来到这里,如今我们也告别了这唯一的故乡。一代又一代的人在迁徙,于是远离故土的人们,有了深深的乡愁。

那些从此走散的人,有的陆陆续续回来,或者相聚。相聚时有很多人流下了眼泪,有的人还记得我小时候的样子,我曾经穿过的衣服、鞋子,他们描绘得栩栩如生,我心内哗然。他们如此爱着我,其实是爱着我们曾经的时光和岁月。

离开加州的前一天傍晚,天高云淡,晚风暖怀。

亚男做了家乡菜,显宗在院子里烧烤,我们夫妻二人坐在旁边。空气中炊烟的味道,很像我们小时候楼顶的烟囱飘出的味道。

人间烟火气,最抚凡人心。

我似乎看到故乡炉膛的煤火,噼噼啪啪地燃烧。小小的我和姐姐提着篮子,一筐一筐往楼上运煤块。故乡的冬天寒冷,料峭;炉膛的煤火,通红,温暖,却转瞬经年。

《浮生六记》里说:"炊烟四起,晚霞灿然。"说尽了人间事。

显宗在院子的地炉里燃起篝火,我们四人静静地喝着中国茶,以中年人的耐心和气度,慢慢聊着过往:共同度过天真懵懂的童年和少年;杳无音信疏离遥远的青年;却在不经意间,中年意外重逢。万水千山走遍,落花时节逢君。好在花未荼蘼,夕阳还未西下,我们还没有老到足够老,还可以在一起谈天说地——"少年离别意非轻，老去相逢亦怆情。草草杯盘共笑语，昏昏灯火话平生"。

故乡终将越来越远，远到我们生命的尽头，但是故乡的晚霞，会时常驻在我们年复一年游走的时辰，偶尔悄悄地来到我们将要老去的傍晚，赴一场故乡之约。

故乡到底是什么？

一个作家说：故乡就是在你年幼时爱过你，对你有所期许的人。

永远的异乡人

林少华

我是在半山区长大的。无日不见山，无山不见我。自不待言，我见的山或见我的山，大多是山的这边，山那边平时是看不见的。于是我常想山那边有什么呢？尤其远处一条沙石路从两座山头之间的低凹处爬过去的时候，或者一条田间小路蜿蜒伸向坡势徐缓的山冈的时候，我往往产生一股冲动，很想很想顺着那条路一直走去看看山那边到底有什么：杏花环绕的村落？垂柳依依的清溪？村姑嬉闹的田野？抑或牛羊满坡的牧场？这种山那边情结促成了我对远方最初的想象和希冀，悄然唤醒了我身上蛰伏的异乡人因子，使我成为故乡中一个潜在的异乡人。

后来我果然奔走异乡，成了实际上的异乡人。迄今为止的人生岁月，有三分之二流逝在异乡的街头。那是毫不含糊的异乡。

不是从A乡到B乡、从甲县到乙县，而是差不多从中国最北端的白山黑水一下子跑到几近中国最南端的天涯海角。你恐怕很难想见四十几年前一个东北乡间出身的年轻人初到广州的惊异。举目无亲，语言不通。"云横秦岭家何在，雪拥蓝关马不前"。此乃地理上、地域上的异乡人。

若干年后我去了日本。不瞒你说，较之当初的广州，异国日本的违和感反倒没那么强烈。语言我固然听得懂，书报读得懂，但对于他们的心和语言背后的信息我基本没办法弄懂。五官长相固然让我有亲近感，但表情及其生成的气氛则分明提醒我内外有别。当对方希望我作为专任大学教员留下来时，我婉言谢绝，决

意回国。挪用古人张季鹰之语："人生贵得适意耳，何能羁宦数千里以要名爵！"此乃族别上、国别上的异乡人。

返回故国的广州，继续在原来的大学任教。也许受日本教授的影响——日本教授上课迟到一二十分钟屡见不鲜——和教授治校环境的潜移默化，回国上课第一天我就满不在乎地提前五分钟释放学生跑去食堂。不巧给主管教学的系副主任逮个正着，声称要上报学校有关部门，以"教学事故"论处，我当即拍案而起，和他高声争执。加之此后发生的种种事情，我的心绪渐趋悲凉，最后离开生活了二十多年的广州，北上青岛任教。青岛所在的山东半岛是我的祖籍所在地。尽管如此，我也似乎并未被身边许多人所接受。就其程度而言，未必在广州之下。这让我不时想起自己译的村上春树随笔集《终究悲哀的外国语》中的话："无论置身何处，我们的某一部分都是异乡人（stranger）。"换言之，在外国讲外国语的我们当然是异乡人，而在母国讲母语的我们也未必不是异乡人。当着老外讲外国语终究感到悲哀，而当着同胞讲母语也未必多么欢欣鼓舞。在这个意义上，我可能又是个超越地域以至国别的体制上、精神上的异乡人。

现在，我刚从文章开头说的我的生身故乡回来不久。也是因为年纪大了，近五六年来，年年回故乡度暑假。那么，回到故乡我就是故乡人了吗？未必。举个不一定多么恰当的例子。某日早上，我悲哀地发现大弟用名叫"百草枯"的除草剂把院落一角红砖上的青苔喷得焦黄一片，墙角的牵牛花被药味儿熏得蔫头耷脑。问之，他说青苔有什么用，牵牛花有什么用，吃不能吃，看不好看！悲哀之余，为了让他领悟青苔和牵牛花的美，为了让他体味"苔痕上阶绿，草色入帘青"的诗境，我特意找书打开有关图片，像讲课那样兴奋地讲了不止一个小时。不料过了一些时日，他来园子铲草时，还是把篱笆上开得正艳的牵牛花利利索索连根铲除。我还能说什么呢？这里是生我养我的故乡……还是村上说得对——恕我重复——"无论置身何处，我们的某一部分都是异乡人"，纵然置身于生身故乡！换言之，不仅语言，就连"故乡"这一现场也具有不确定性，或者莫如说我们本以为不言自明的所谓自明之理，其实未必自明。

但另一方面，这种故乡与异乡、故乡人与异乡人之间的重合与错位，这种若明若暗的地带，或许正是我们许多现代人出发的地方，也是我出发的地方。我从那里出发，并将最终返回那里。返回那里对着可能再生的青苔和牵牛花回首异乡往事，或感叹故乡弱小生命的美。

家在古城

范小青

1

2021年3月15日,初春的一个早晨,太阳已经出来了,天气微凉。微凉中浮动着一些陌生而又熟悉的气息,让人心生感动。就是早春的那个早晨的那一刻,我抬起手,轻轻地敲了敲6号那扇门。

确切地说,是苏州市姑苏区五卅路同德里6号。

是普普通通的暗红色的木门,对称的两扇。老房子的门上贴着对联:岁岁平安福寿多,年年顺景财源广。也很普通。是一种岁月安好的普通,是一种平凡却能让人心动的普通。

2

这里是众所周知的民国石库门建筑群,但是因为门框、门槛都

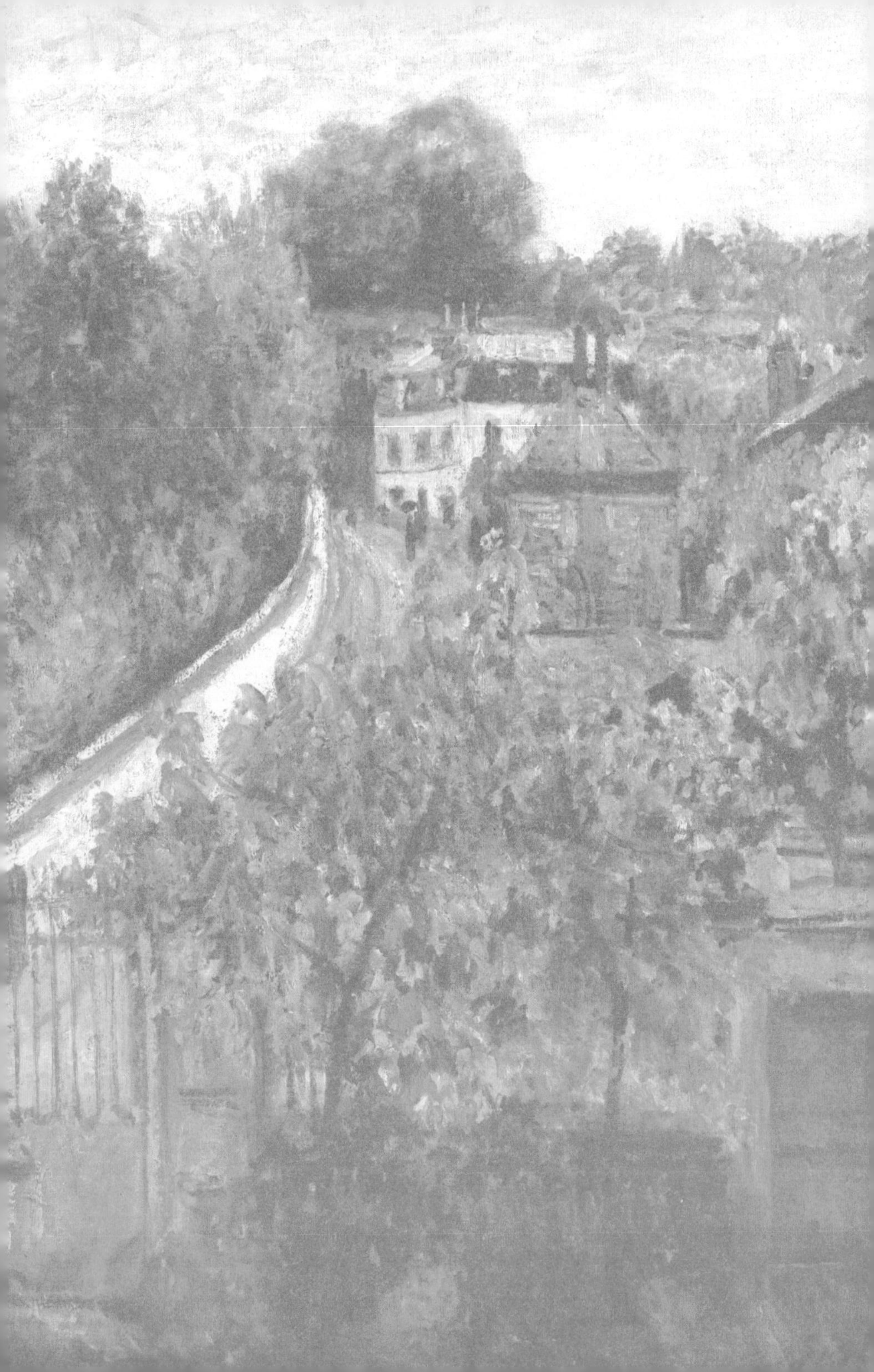

被粉刷了，我看不见曾经朝思暮想的那些石条石块，一时竟有些恍惚，在敲门等待回音的这个可能很短暂的时间里，我踩着巷子里铺着的旧条石，沿着6号往西边走了几步，我看到7号、8号那几户的门框、门槛也都被粉刷了，白得耀眼，但是再后面的几户，11号、12号，等等，没有粉刷，是裸露在外的石头，旧时的模样。

一眼看得见的石库门的门框、门槛，都是粗石条，我的心突然就安静下来了。人的心思是奇怪的、难以捉摸的，有时候，几块旧陋的石头，也可以承担一些精神的抚慰。

我回到6号门口，门里仍然没有声音，我又敲了敲门，依然敲得很轻。我不知道和我一起过来的电视台的那些年轻的编导摄影，有没有对我的动作和表情感觉奇怪或者不解。

是的，我小心翼翼，我动作迟缓又迟疑，我心情忐忑不安，我是怕惊动了什么？或者，我是想要惊动什么，却又担心惊动出来的惊动会惊动了我一直以来都相对平静的灵魂？

里边始终没有回音。

"应怜屐齿印苍苔，小扣柴扉久不开。"

"近乡情更怯，不敢问来人。"

我不想用力敲门，我也不敢用力敲门。

近乡，现在，此刻，乡愁就在我的面前，和我零距离地面对面了。从离开这扇门，到再次敲响这扇门，整整54年时间。1967年

1月,我们家搬离了同德里6号。

54年后的此时此刻,我在想什么?我的心,是被54年堵满了,还是被54年掏空了?

"少小离家老大回,乡音无改鬓毛衰。"我只知道,这是我此时此刻最真实最形象的写照。

但是后面就没有了,没有"儿童相见不相识,笑问客从何处来"。没有儿童,甚至也很少有中年人青年人,这里是苏州古城的老城区,它老了,也许,只有老人可以和老城区相伴相依。

"捷步往相讯,果得旧邻里。"我敲着同德里6号的门,执着地想要见到住在里边的胡敏,她是我儿时的邻居和玩伴,在我的54年前的印象中,她是一个七八岁的小姑娘。屈指算来,她也过60了。

在远去的这54年中,我不知道自己会不会回去,也不知道自己什么时候会回去,我曾经熟读了许多关于"回去"的句子,"十年离乱后,长大一相逢。""问姓惊初见,称名忆旧容。""众里寻他千百度,蓦然回首,那人却在,灯火阑珊处。"……

在过往的时光里,我并没有很多机会再去走五卅路,如果有机会,那也是我特意绕着道来走的,走五卅路,然后再特意绕进同德里以及隔壁的同益里,看它们一眼。只是每次来,我都是悄悄的,快速的,甚至感觉是偷偷摸摸的。我是在害怕?我害怕什么呢?我怕它认出我来,我怕它怪我几十年都不回来看望它,我怕它已经坍塌已经破败到我无法相认了？我怕它已经换脸换得完全不是它了？

谁曾料想，后来却因为一部电视剧我从屏幕上看到了我家老屋的全貌。2019年播出的《都挺好》，真的挺好。这就是它，我在同德里的家，就是一直留在记忆深处的它，今天仍然是那个样子，仍然是我童年记忆中的同德里。

和我一样激动一样感慨的，还有我的哥哥范小天，以至于过了没多久，他拍电影《纸骑兵》的时候，就找到了同德里6号。

那一天范小天走进了同德里6号的天井，我不知道他的感觉是恍若隔世，还是如在平日。他也许正在琢磨着自己内心的纠缠和波澜，忽然听到有个声音在说，你是范小天？

纯正的苏州话，清脆的苏州音，让范小天打了一个激灵，他反应够快，立刻就认出了儿时的邻居妹妹，说，你是胡敏。

她是胡敏。我们儿时的邻居，二楼紧隔壁。她还住在这里。"你是范小天"这几个字，在50多年以后说出来，间隔了这么长的时间，人与人的关系还能再续上，什么是历史的重演？什么是不可控的人生？什么是老旧古城的坚守和迎来新生？

3

门里一直没有动静。最后我们终于确定，里面没有人。于是我们去往下一家，7号，也就是《都挺好》里苏明玉的原生家庭，我这样说，是打破了生活与艺术的边界，混淆了真实与虚构的概念。我是故意的。

那个门洞里，有苏明玉的许多记忆，也有我的许多记忆。不巧的是，7号的门，也未曾敲开，苏明玉已经不再是她小的时候了。当初我有个小学同学，后来他们家和我们一样，全家下放到苏州地区的吴江县，但是没在同一个公社同一个大队，就此别过，再无音信。

那么就去8号吧。我们从6号敲门敲到8号，8号的门其实不用敲，它虚掩着，我心头一喜，轻轻地推了一下，就看到了站在天井里的徐阿姨。

看到了徐阿姨热情的笑脸。这时候我听到了一声询问：你阿是范小青？

纯正的苏州话，清脆的苏州音，和范小天在 6 号听到的一样的声音，我顿时又惊又喜，我顿时以为，她是另一个胡敏，我以为她也是我儿时的一个同学或玩伴。

我赶紧问她是什么时候住到同德里的，徐阿姨说他们家是 20 世纪 90 年代以后搬进来的。

她不是胡敏。

但她也是胡敏。

我在想，徐阿姨的童年，虽然不是在同德里度过，但一定也是在苏州古城的某一条巷子里。因为那个时候，苏州除了巷子，还是巷子，苏州曾经，只有巷子呀。只有巷子的苏州，才是真正的苏州模样，才是独一无二的苏州模样。

漂泊者的南瓜灯

左 梨

在日本，失去家主没有俸禄四处游荡的武士被称作浪人，未被大学录取的落榜生被称作学生浪人，复读一年仍未考上大学的被称作二浪。

我就险些沦为二浪。在做学生浪人的一年里，我失去了名校生的光环，浸泡在落榜的挫败中，无处逃避。也是在那一年，我知道了万圣节南瓜灯的来历：吝啬鬼杰克无法进天堂，又因为戏弄魔鬼无法入地狱，只能提着灯笼四处漂泊，直到末日终审。南瓜灯就是杰克的象征，他是灵界的浪人。

而高考是我青春期的准末日，为了早死早托生，我屈从了就读普通大学的结局。跟漂泊比起来，入地狱似乎更踏实一些。河水东奔入海是好的，小麦向天空生长是好的，甚至瀑布飞流直下也是好的，六神无主的漂泊却一点也不好。可是漂泊并没有因为入学结束，也没有因为入职结束，结束了四年无趣的大学生活之后，我几乎每两年换一个工作，终于成了自由职业者；接触了每一种宗教，却总也熨不平心底那 1% 的怀疑。

浪人的痛苦之处在于，他是武士，却没有用武之地。就像女人，空有一个子宫，却没有遇到值得为之繁衍的人。就像每个人，空有一生的时间，却没有找到值得耗费所有生命去完成的事。这

世界似乎只有人会漂泊，期待爱情的人是情感浪人，寻找使命的人是事业浪人，寻找心灵归宿的人是信仰浪人。因为那一点点熨不平的怀疑，人们怀书去洛，抱剑辞秦，从此沦为异乡人。杰克灯照亮的是一种彻骨之寒，这种寒冷独属深秋，落向更无望的冬天。

在多数人眼中，漂泊是一种可怕的自由，皈依是一种可怕的束缚。

《色戒》中的王佳芝便是情感浪人，身体是她仅有的南瓜灯。她辨不清情欲，辨不清身心，辨不清敌我，也辨不清目的和手段，却在老易赠送给她的鸽子蛋钻石中突然知悉了自己生命的估值。于是她瞬间投敌，接受了属于她的末日审判。漂泊让她惶惶，皈依却让她毁灭。

漂泊得更彻底的，是《卡拉马佐夫兄弟》中的伊万。他认定自教皇接受矮子丕平的封地开始，教会接受了世俗权利的浸染，就变节为撒旦的随众，即使耶稣重返人间，宗教裁判所也会把他送上火刑架。如此，天堂失去了人间的支架，作为天堂镜像的地狱也随之瓦解。魔鬼只能食客般四处寻找寄主，给他们传染自己的绝望。他认为自己这样的漂泊者在承受一种刑罚，行走在100万的四次方公里黑暗中，几乎没有尽头。这就是现代人的心灵处境——向上的归宿和向下的归宿都消失了，与心灵无关的科技就成为唯一的工具，凭借这个工具，人们能征服没有疆界的自然，却无法建造现世的心灵殿堂。所有的现代人都是漂泊的杰克，他们得到的不是自由，只是一种无所不可的茫然。

与他截然相反的不列颠努斯，却发现了被奴役的自由。这个萧伯纳笔下的奴隶来自蛮荒之地不列颠，粗暴孔武，却认定了恺撒这个主人。就算形势看来败局已定，他也永远跟恺撒在一起，以一当十，勇猛向前，赴汤蹈火，从不退却。当恺撒决定赐他自由之身时，这个蛮子却拒绝了，他说："只有作为恺撒的奴隶我才找到了真正的自由。"自由与束缚到了他这里，竟然汇合了。在认识生命本质的那一刻，他找到了自己真正的东主，恺撒成了他自我的一部分。在这个自主选择的奴隶主身边，他的生命汇入了那条通往意义的大河。

漂泊毫无约束，却与自由无关。自由就是生命本质的释放和表达，与真实自我不相关联的任何选择，归根结底，都是盲目无效的生命流溢，在尚未洞悉自我本质之前，自由只能是个无法触及的想象。而皈依是真实自我的终极确认，自此人才能感知到自己本真的生命冲动，这种冲动摆脱了自然律和肉体本能的束缚，呈现了超越群体范本的自由意志。

在山那边的蛮荒里

蔡 骏

十几岁时,我常在黄昏时分进入新落成的上海图书馆。当时的我如同一个稀薄的幻影,夕阳几乎可以穿透身体,如利箭刺入大理石地板。我怀揣着一张硬纸板借书卡,仿佛一个围城的士兵,潜行在城墙般坚固的书架之间,依次巧遇了《一千零一夜》、卡夫卡以及博尔赫斯。

我仍然记得初次打开博尔赫斯的《环形废墟》——率先感知的不是魔术般的文字,而是无数人触摸和呼吸过的书页里的气味,隐秘而诱人,仿佛某种轻度腐烂的水果,导致阅读几乎从鼻子而非眼睛开始——"在那伸手不见五指的夜晚,谁也没有看到他上岸,谁也没有看到那条竹扎的小划子沉入神圣的沼泽。但是几天后,谁都知道这个沉默寡言的人来自南方,他的家乡是河上游诸多村落中的一个,坐落在山那边的蛮荒里,那里的古波斯语还未受到希腊语的影响,麻风病也不常见。"

事实上这只是亿万个轮回里的一个微不足道的片段,我从这个夜晚踏入文学的沼泽,追随主人公度过一个又一个古老的梦境。我目睹着尘埃与流沙一粒粒堆积出一个少年的样貌,渐渐生长出血肉和灵魂,可以独自面对我经历过的夜晚,走向下一片神圣的沼泽……多年以后,当我回首自己写过的数百万字的小说,才发觉所谓作家也是自己笔下的产物,是基于不计其数的文字的幻影,并且稍不留神就会被同时代作家们的汪洋大海所淹没无踪……多么令人恐惧的想法,我们阅读,我们写作,我们思考,我们癫狂,我们逆水行舟,最终不可避免坠入这样的深渊。

所以,当每次打开一本书的同时,我就逼迫自己想象站在黑夜荒野之上,头顶是亿万年前遗留至今的星空,风中潜伏着野兽低沉的喘息和呼号,脚下秘密生长着野草的根茎,连接着大地深处的骨骸和陶片。每翻开一页纸,或者滑开一页屏幕,你就等于深入荒野的一条小径、一条河流、一片沼泽。你必须用自己的双脚、眼睛还有鼻孔

去呼吸这个变幻莫测的新世界，每次绝不重复，你的书架等于人类有史以来历次探险的总和，一路上布满前人留下的白骨和碑铭。

　　创造出《克苏鲁神话》的洛夫克拉夫特，生前如同卡夫卡寂寂无名，死后却影响了许多后来者的"作家的作家"，他可能就是你看到的那具白骨——却是一具伟大的白骨，经历过蛮荒之地的洗礼和磨砺，闪耀着白银似的暗光，让每一位路过的探险者感到无比战栗，顺便挖掘出自己的噩梦。若说上古神话是我们的祖辈为了对抗残酷的大自然而创造的精神铠甲，那么克苏鲁神话就是我们的父辈为了在平庸的日常生活当中找到的一块想象力的自留地。远古邪神不应该只存在于博物馆和编年史，或者印第安人和非洲部落的口述史诗之中，而应该从每一个现代人的日常生活中萌芽生长。这片蛮荒之地也是福克纳的约克纳帕塔法，是加西亚·马尔克斯的马孔多，是奥尔罕·帕慕克的伊斯坦布尔，不仅仅让你进入噩梦，还会给你带来真实的危险。

　　你想起斯蒂芬·金的《闪灵》因于大雪封山的酒店之中的作家主人公，又在库布里克的电影里大放异彩的那台打字机——如果你的键盘也有了生命，你在进入荒野迷宫的同时也在制造新的迷宫，或者说是迷宫制造着迷宫，而你的眼睛、大脑和双手不过是梦境的传递工具。这时你需要的不仅是深入蛮荒，更要与蛮荒殊死搏斗直到彻底征服它。鲁滨孙还有个星期五做伙伴，而你注定孤身奋战。你要战胜引你误入歧途的精灵和咒语,你要坚定地翻越大地上的高山与丛林,如同翻阅面前的每一页纸每一行字。尽管你不得不承认有时候你会陷入晕眩,甚至学习飞鸟掠过屋顶而走了捷径,但你终将回到原点,用你的双脚来丈量这片蛮荒之地。

哪怕同一片蛮荒之地,你也可能行走不止一遍,有时连续往返,或者时隔多年旧地重游,而每一遍旅行注定会看到不同的风景,就像火车旅行与飞机旅行所看到的窗外那样不同。这些年开始重看卡夫卡,虽然断断续续,甚至读得异常艰难(我宁愿将之归于自己的问题),陷入了新的泥沼和陷阱,但每一次的艰难都是值得的,因为你会收获新的火焰,新的种子,新的梦境。

我想,每一次阅读(无论是同一本书的第几次阅读)都是你踏入的一条河流,每一滴新鲜的流水足以洗涤你的征尘,带来新鲜肥美的鱼儿和水草。经历过上万次的蛮荒之旅,你将被上万次射中自己的脚踵,燃烧成灰烬又重新生长出骨头、血肉和皮肤,最终变成一个奥德修斯式的英雄,踩着先辈的枯骨和鲜血滋润的野草,也可能踩着自己的墓碑,终究要到山那边的蛮荒去。虽然山的那边依然是山,蛮荒的深处永远是蛮荒,但你已不再是原来的你,你的身后是大师们铸就的方尖碑,是浩大的文字垒砌的金字塔,你将会制造出更多的幻影,更多的梦境,更多的蛮荒世界。

故乡比我们更漂泊

李 晓

一年之中,有哪一个月最想念故乡?我在城市里听到最多的回答是:腊月。腊月里想念故乡,是因为空气中流动着故乡的味道,那种味道窜到你血液中来,昼夜奔腾。

我的朋友屈先生是一个成功的商人,他说,钱是有了,三代人不愁吃穿。他有时一个人走在马路上,失魂落魄的样子。他魂牵梦绕的,是童年时生活的老县城。屈先生去年回到县城,已认不出它的模样了,昔日老县城,早已灰飞烟灭,出落成一个大城气象了。那次回县城,遇见童年时坐在县城湖边老桥上一起吃水果糖的阿娇姑娘,已成了贵妇人,阿娇和当老板的丈夫邀请屈先生到酒吧喝酒,屈先生那晚喝多了,猛地抱住阿娇哭着问:"阿娇,我们童年时那个县城呢,到哪儿去了啊,还能一起回去吗……"

屈先生来到而今生活的这个城市已有20多年，打拼事业，结婚成家，尽管在城郊买了别墅，却很少去住，那个几乎闲置的别墅，就成了屈先生挂在城郊的一幅画，或者说，一张没变现的存折而已，升值与否，屈先生也不关心。他在乎的，是灵魂里有一个故乡。屈先生说，城市已是千篇一律的样子了，他有时出差去他城，感觉也是生活在本城，相同的大街、商场、高楼林立、人流如蚁。屈先生而今是凭嗅觉辨认本城与他城的，因为他生活的这个城市，有他喜欢吃的一些食物，这些食物的气味飘荡在城市空气中。有时他风尘仆仆从外地归来，就直奔一些老巷子老街坊，满足地吃上一碗本地酸辣面、肥肠粉，打一个饱嗝，算是到家了。可灵魂的养育，还是童年老县城。屈先生说，他是在城里找故乡的人。

我来到这个城市，20多年了，先后搬了四次家。我感觉自己始终是城里过客，只不过是把肉体临时寄存在这儿，却把灵魂安卧在乡村里的故乡。

但10多年前，故乡也在凝望的眸子里坍塌了。故乡山顶上修机场，在轰隆隆的挖掘机声中，一头老牛突然发火冲向它，与之搏斗。生我养我的老屋，没了。那年我73岁的堂伯，搀扶着堂伯母，抱着结婚时岳母送的三床老棉絮，一步一步走下山梁。堂伯家，而今睡的还是当年结婚时的雕花老床，油漆已脱落，但还是黝黑发亮。小时候，我看见堂伯和堂伯母，晚上睡觉时总是分头睡

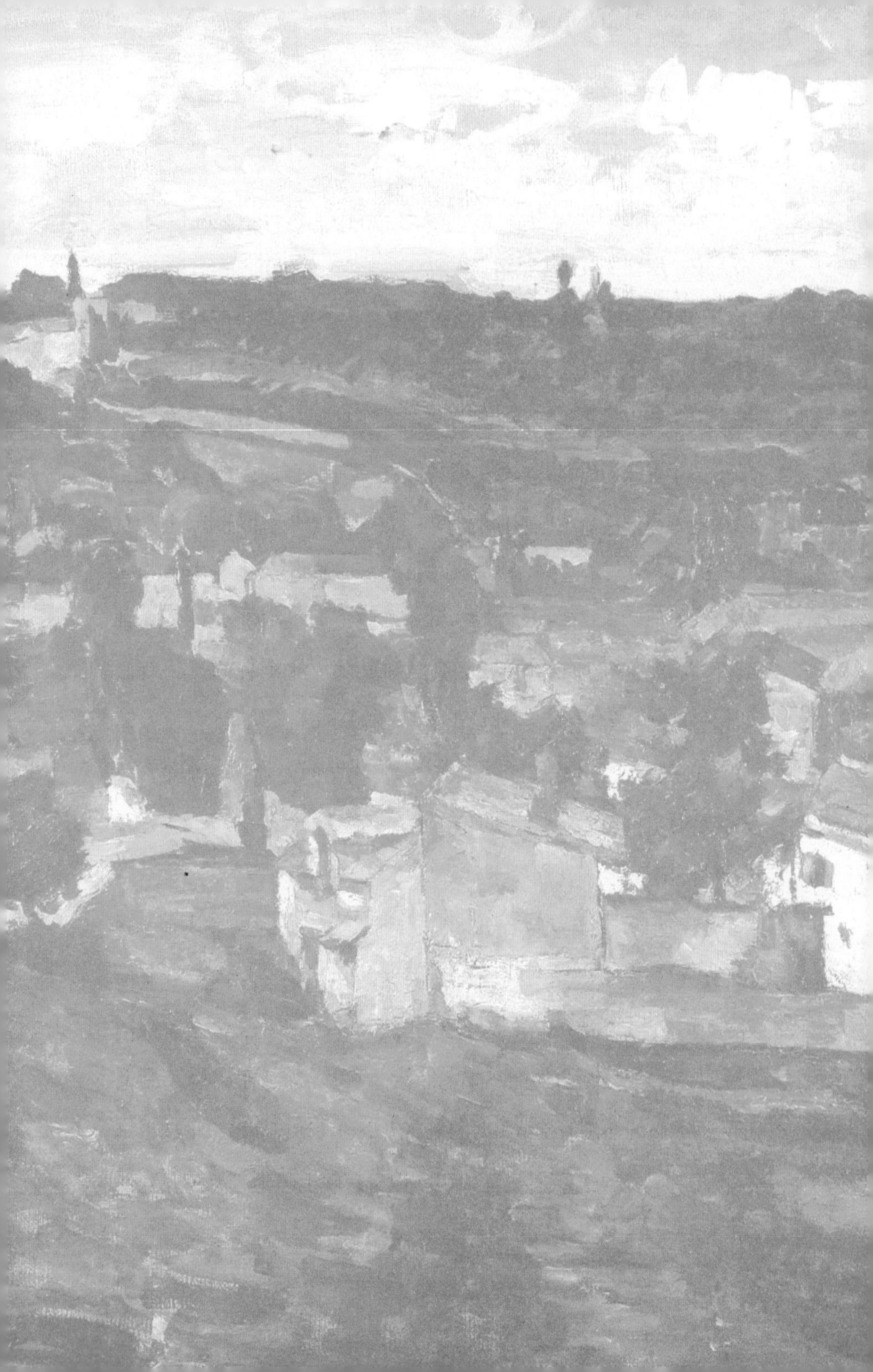

在床的两头，他们脚抵着脚，在一起睡了几十年，养育了6个儿女。而今我从城里回到乡下，总要到堂伯家老床前默默坐上一会儿，我想起夫妻一世，就这样睡在一张床上，然后，总有一个人提前离开，从此永别。

还有多少人，和我一样，在城里寻找着故乡。可故乡，却比我们更漂泊。

把日子过好

冯秋子

杜拉尔是鄂温克族人，1993年春天，在呼和浩特第一次见到她，穿一件垂至脚踝的黑色长裙。看不出她的年龄。她面目慈祥，坐在远处宽厚地看着我，没怎么说话。我也话少。我们成了很好的朋友。

1992年9月，她三岁的儿子安生做心脏手术死在手术台上。安生学会说话以后，仍不能站立，更无力行走。杜拉尔上平房院子里的公共厕所，需要背着安生，她把孩子放到厕所门外，让他扶靠一块大石头站一会儿，她出来时，安生已经跌倒在地。杜拉尔的眼泪没法儿当着安生流，背过孩子，又总是步履匆匆拼命抢时间往家赶。"安生怎么样啦？"这是她离开孩子几分钟或者半天时间就来回揣想的问题。在外面，她也顾不上流眼泪。

安生八个月大时，心脏病经常发作，每回犯病，面色青紫，全身痉挛性抽搐。长到十六个月大，安生的父亲从远地赶来看望他们母子。他说："让我来这里，住这样的房子？"当然这不是他选择离婚的全部理由。写小说的杜拉尔和写诗的安生父亲一见钟情，然后恋爱，结婚，生子，离婚。

小男孩安生把妈妈放在心里。他对杜拉尔发了一些男子汉的誓言，说长大以后帮助妈妈生火炉、扫地，用自行车驮妈妈上街。杜拉尔在小平房里劳动，在许多城市的医院里奔波，一直用身处内蒙古东部老家的母亲给孩子缝制的灯芯绒背兜背着安生。趴在她背上的安生对她说，他想快点长大，长大能背动妈妈。有一回杜拉尔肚子痛，痛得喘不过气来，安生着急，伸出小手给妈妈揉后背，说揉揉就好了。他拿过一个杯子，一瓶药，说快吃药吧。杜拉尔一看，杯子里只有一口水，递给她的药是安生自己平时吃的药。

这个令她心酸的孩子，想让杜拉尔给他讲书上的故事，就说：等我长大了，我就给你讲这些书。

我认识杜拉尔的时候，杜拉尔已经没有了安生。她缝补住心底的碎裂缝隙，沉默地度过失去安生的日子。快到一周年祭日时，我希望杜拉尔和我们共同的朋友曼德尔娃一起来我家，在北京度过那个日子。我写了信。于是她们来到北京。每天，喝曼德尔娃熬的醇香的奶茶。从早到晚，时间在我们心里流淌。地毯上，长久围坐着三个女子，无声的歌，蒙古人的长调歌曲，积蕴了忧郁、悲怆和幸福的长调歌曲，也在每个人心里流淌。

那么多天，我们很少提起安生。这是我们共同的性格，杜拉尔、曼德尔娃和我，只会铭记在心，为孩子，为可怜的大人，默默祈祷。

之前，给杜拉尔的信里，我说了想对她说的话："……怎样从哀痛、烦扰里解放自己呢？杜拉尔，我想唱的就是这首'解放'自己的歌。是唱给你。你来想这首歌的旋律和歌词吧。你想出来了，也会启导我。"

想哭呵。有时候真想哭。

其实连说出这些话，也觉得不像话。我为说出上面的话，感觉到羞愧和悲伤。实在不好意思，太自以为是。真的失去以后的苦，重于阴山、天山、喜马拉雅山。活着就是移山填海那么过日子，熬雪山上流下来的水喝，舀海里的水一点点去淡化啊。可就是想哭。好多时候，不出声音那么哭，无论是独自端坐家里，还是黑夜走在无人的马路上，心一接触到永远消逝的亲人和映衬了他们的艰巨时日，就无声啜泣，一口一口往出抽气，倒淌出深埋的悲伤，辛辣苦寒的泪水混着心血印刻脸庞。真像一口老井，缺水少氧多日，硬向上抽调，可怜的，哭干眼泪而后生的人。

抱歉，杜拉尔，在听我说话吗？请原谅我。哭其实挺好的，和唱一样好。它若是发自内心，就是上苍赋予我们的最动听的声音。孩子在天堂，他离开苦难的现世，已经重新开始，他是个仁义超凡的灵童，他一出世，就已走过了很多路，走过了我们要用很多、很久的努力才能走过的悠悠岁月……

信不信，安生比我们理解这个世界，爱这个世界？

杜拉尔，某种意义上，我们与安生是在不同的世界里行使生命。

生命是什么呢？是力气，是长生不灭的存在。它是信念，是灵魂。

灵魂不死。

我说不出来自己的感受。但我知道这一点。

……把日子过好，杜拉尔。

每一天，我们唱几支歌。我想听杜拉尔唱《阿尔斯楞的眼睛》，杜拉尔就唱。欢乐和痛苦的时候，她有歌能唱。曼德尔娃在地毯上那一点点地方跳蒙古舞。

别来忽忆君

雪小禅

想念一个人是幸福的。

还能够想念一个人,悄悄地想,暗地里想,多好啊。——很多时候,与君初相识,早就是故人,刹那间就劈面相逢,觉得这个人一定是见过的,早早就认识的。

也许就是那一个眼神,只为人群中多看了那一眼。

去西安交大做讲座,去看交大博物馆,她来接待——瘦高的女子,平淡的眼神,穿了黑衣。并不热络,一一介绍着台北故宫来的那些名画,范宽、八大山人、石涛、徐渭……

我说,我喜欢徐渭,他神经和血液都是疯的,亦喜欢八大山人,连人书俱老他都不要了,石涛骨子里还是温热的世俗的,范宽、倪瓒、沈周,他们笔下都有松散的孤独……

她突然一把抓住我：这就是我想表达的！

又看行书《兰亭序》《祭侄文稿》《寒食帖》。我说："王羲之的好是说不出的大好，去掉了所有书法技巧，而颜真卿是力透纸背一派苍凉的好，是茶中大红袍，亦是京剧中的言派，还是辛弃疾的词。"

"苏轼呢？"她问。

"苏轼是闲看人前桂花落，桂花与他香在一起，彼此知道，都通了。"她眼神变得热烈，我们说着古人与书法，这个从小研习书法的女子，对每一幅好的书法作品都似对待贴心的情人，"古人多好啊，在法度之内，又在法度之外……"

又一起看了秦腔博物馆，她哼着秦腔，说秦腔有大美。秦腔的朴素与烈艳是接着滚滚地气的，那一般说不出的震慑，它自有它的美意。两个人对戏曲同样痴迷与爱恋，眼神已有纠缠，一时倒舍不得说话了，只呆呆地想：原来她也在这里。

她又带我去看安塞农民画的画，"那些农民不识字的，你看这颜色用得多大胆，她们有的就是农村妇女，哪里懂得撞色，可是，一笔笔画下来，全是人间真意……"那些看似笨拙却又带着亮烈色彩的农民画，一脉天真，看得人心热热的。单纯，如果再有一脉的热烈，真的要看得人心跳加快。

"你再来西安，我带你去访一些老艺人，它们隐于乡间田野市，有看易经的，有唱秦腔的，也有写书法的……"西安就是这样的城，一块有气息的老丝绸，城墙根下，不知会蹦出个什么人来，一下子就让人回到唐朝……

西安城，有沉住气的鬼魅，不洋气，但一嗓子吼出来，会吓一跳。

遇到暮年的陈爱美。她曾是陕西电视台资深主持人，妖而俏。60岁的人，倒还似少女，粉绿绿的那个俏。唱碗碗腔给我听，一句"我的那个亲哥哥呀"唱得人心软湿湿的。

我自然是喜欢这老来放浪的人，不端庄，亦不正式，但自有一份别致的风情，那风情又是抖抖土可以掉出很多陈年老故事的粉尘。她尘不满面鬓不如霜，说因为爱美去做过美容手术，自然是叫"爱美"这样的名字正合适。

我总想起张爱玲《红玫瑰与白玫瑰》中的王娇蕊。那么娇气，但骨子里又是倔强的。她又说当年的风采，动情处自然得意，我都爱听。这样火辣辣的不掩饰，多妙。

晚上吃饭，紧紧挨着她。她围绿丝巾，和60岁年龄半丝不贴切。眼睫毛又刷睫毛膏，眼角皱纹生动异常。她说话快而俏，亦不顾及别人听得懂听不懂。60岁，却还这般天真，她和中央电视台小姚拍纪录片《百年易俗社》，两个人扛了录像器材全国到处跑，"使不完的劲，自己掏钱，得省着花……"让人想笑，却全是感动。

她活得如秦腔一样，地气嗡嗡地响。早年绯闻自是有的，美貌女子当然应该有绯闻,可是,她全然不顾,大丽花一样开着,唱着她的碗碗腔。

她与小孙,一个明媚一个内敛,却全然是我欢喜的。这天地间银河落玉瓦,恰巧砸了我。不早不晚相遇长安城,她们在等我,刹那间遇着了,两下都惊喜。一起在城墙根走,都舍不得说话。

有一天阴天,我看那些书法旧贴。翻着翻着,心头觉得哽咽,正好有短信响起,是小孙的,她说:我想你了。

这世上,一定有心有灵犀。

在老舍茶馆听周好璐演《西厢记》,忽然想起陈爱美,那么爱美的爱美,心里想,她到了80岁,一定更好看。

别来忽忆君,长安城,我去过,然后留在心里的这两个人,会住在心里。一辈子。

听音记

——胡竹峰

> 日出而作，日入而息。凿井而饮，耕田而食。
>
> ——《击壤歌》

采樵枯树尽，犁田荒隧平。灯下翻读，见到南朝庾信这一句，忽然想起许多过去的事。采樵声多年未闻，也很久没有见过犁田了。时光流驶，清凉如水的秋夜染得人温柔又惆怅。窗外夜色寂如炭灰，需要一点声音，能多些暖意。

采樵如一幅长卷，犁田则是小品。一牛一人一犁一鞭，终日绕着水田一圈圈徐行，犁开泥土的哗然，牛呼气声，人呵斥声，挥鞭声，响在春日三四月。深山传来伐木声声，旧园乡村盖房子、烧饭都需要山上的木材。斧头落下苍苍复苍苍，是悠远的少年记忆，从先秦一直到现在，从来也没有断过。远古先民唱《弹歌》，断竹续竹，说的就是砍伐的事。春生夏长秋收冬藏，稻谷进了粮仓，动物冬眠，冰封万物，人也闲了下来。冬日取暖要依靠山林，天晴的时候，总要去山上砍柴，远山枯落的林木最适合做柴禾。北方友人说少年旧事，一队人马踩着数尺积雪，在茫茫雪野中，一路咯吱咯吱，咕咚咕咚，迤逦入得雪林，有慷慨悲歌之势。斧斤砍伐树木的声音，地上拖拽木材的声音，偶尔动物行走的声音，是冬日交响曲。

北方悬崖百丈冰的时候，我的故乡也万物肃穆，天寒地冻。哈气成冰的早晨，屋檐下棕树总挂满冰凌，拿起树枝去一一敲打，掉在地上是清脆的破冰声，一声声都是童年的欢乐。有些冰凌挂在那里，凝固了水滴的形态，也仿佛有一种声音。最喜欢漫天大雪，静静看扯棉铺絮，听雪落枝梢的声音，细细索索，若有若无。城里总也听不见落雪，风声倒是与乡村并无二致。风大到能卷起一切，呼啸着倒禾拔木，有千钧之力，灌入耳中。似睡入眠之际，陡然被风吵醒，听得门窗咣当作响，无心入睡，却不令人烦闷。到底自然的声音比街市车水马龙的喧嚣少了燥意。少年时候的雪夜，纸窗青灯下，冷风扑窗，屋子里炉火呼呼的声音暖暖的，让人安生，不知愁为何物，想想唐诗宋词里那些应景的句子，有一种幽古之情。在各种声音的交织中，又换了一个冬天。多年后一次次逢到雪，一场场好雪，晨曦初露，扫雪人更早，嚓嚓嚓嚓的声音，真煞风景又无可奈何。

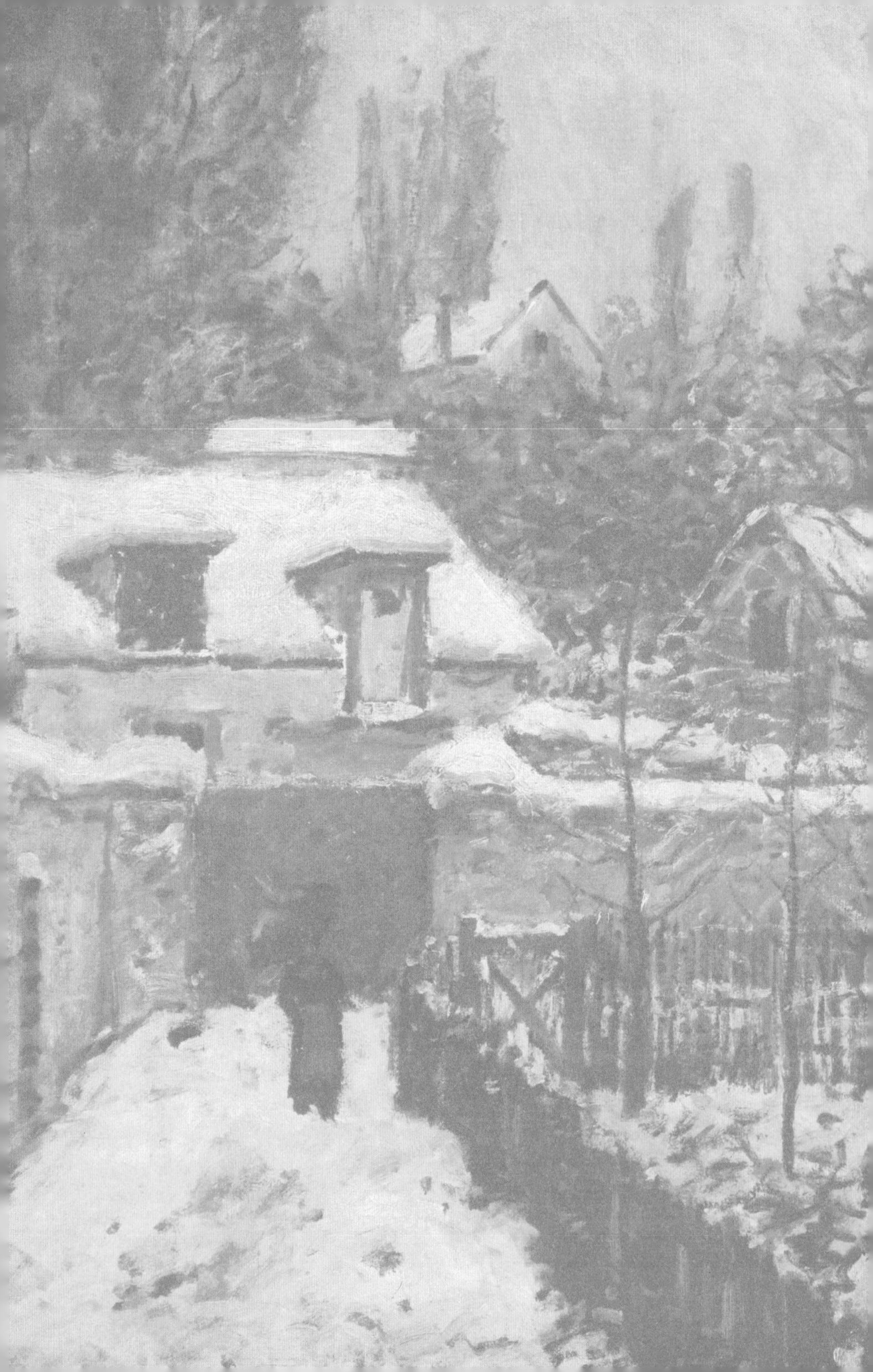

一片片雪花簇簇飘下，让人欢喜。而一片片花瓣坠落，啪嗒啪嗒打在瓦檐，想起花无百日红的黯然，静夜听来更仿佛伤心人语。李煜词里说"砌下落梅如雪乱，拂了一身还满"，仔细听，真个落花有声，一人独立其间，恰似仙人仙境，长日好悠闲。后主通音律、善画，词作有画面有乐感，常有女儿态，其人却生有异相，丰额骈齿，一目重瞳。

有一年旅居天津，闲暇时，常去杨柳青看年画，只见为数不多的几幅老版木刻。隐约记得，小时候乡下人家每逢春节，必贴挂年画。记得有《年年有余》，画两条大鲤鱼，托一个大胖头娃娃，笑意吟吟。还有《松鹤延年》，一株老干虬枝的青松，松针丰茂，两只白羽黑嘴的仙鹤，或树下引颈或松上低眉。画面低矮处有几朵富丽的牡丹，天空中一轮红日。空坐案前看看年画，窗外高树老绿，鸟声啾啾。年画里也有声音，吉祥的声音，人间祝福的声音。

热闹烟火日子最有暖意。冬日在徽州小住，夜里和友人出门散步，风冷天色黝黑，像是徽州老院子的气息。两个人穿街过巷，古老的巷子幽幽长长，零星的灯光，红尘男女来来往往，几家小吃摊点，烟熏火燎，油煎烹炒叮叮当当，转角处的楼头猛地传来几个男人的猜拳声。陡然觉得那夜色里多了阳气多了豪气多了生机。偶有人家存了尚文风气，胡琴、弦子、戏曲儿，一曲一曲从灯火明亮的窗口飘出，赶路的人听到曲声，脚步也缓了。虽然是冬夜，那灯火晦暗处，也有几个老翁拿了凳椅，攒三聚五，一把二胡，一个三弦，一抱琵琶，一壶茶，一碟瓜子花生，几家人消遣，咿咿呀呀声，飘过水池，穿过树叶，连月亮也动容，漫步出云朵，俯视这尘间，如此快意清风，不知愁为何物。

夜里睡不安稳，清梦一场接一场赶上来。梦回故园，旧时小园柴扉，瓦屋前冷月弯弯，听见有人树下吹笛。月下听笛，又清凉又入境。笛声中一片幽怨，这世间的哀怨划过每一个人心头，深浅不一。让人入了虚幻之境，真真假假，虚虚实实一场又一场。

苏辙梦里的事，与苏轼见一青发僧，手持宝塔，中有舍利灿然如花，明莹而白，分而为三，各自吞了。僧言：本欲起塔，却吃了。人世间所有声音，最终消弭于无形，无处可寻，大音希声，又或者这声音去了别处，如流水信步游走，不拘而往啊。

唱歌的麦田

蒋建伟

泥土是一件陶罐,万物生灵装进去,倒出来,装进去,再倒出来,变成一个个奔跑在平原上的野孩子。

就是什么秘密都可以装的,很多腐烂在里面,也有很多,接着生长出新的秘密。也许在某一个时刻,小东西被打开,不再是什么秘密,呀,故事原来是这样的。

世界可以那么小,一粒粮食那么小,"啪",打开了。

你轻轻地躺在一道沟堰上,满脸贪婪,眼儿微闭,呼吸着绿泼泼的空气,鸟雀"啦啦啦"唱着三五首童谣,忽然就飞起来,忽然就落下去,藏进那个小东西里。你不知道的,小麦这时候偷偷钻出地面,一个又一个娉娉婷婷的少女走过来,一个又一个头顶散着热气的小伙子走过来,"唑唑,唑唑",他们穿着绿油油的衣裳,芝麻粒儿大小。墨绿中，笑声会传染，能嗅出一缕一缕的清香来，空气甘洌芬芳，麦苗婉转飞翔，小麦们开口唱歌，浑身就不那么冷了，后来，开始热汗淋漓，像极了地平线上跳舞的那么多、那么多快乐的霜花。

歌声好像我们家的白云一样，朝天上随便吹一口气，白云立马飘下来，好一场大雪啊。白墩墩的大雪，急慌慌地走着，像棉花做成的被子，暖和，盖在麦苗身上，什么都看不见了。一垄垄麦苗中间，屎壳郎美滋滋地大睡，梦着自己的好事，天塌地陷似乎与它无关，像是死了，又像是还活着。

雪花飘在土粒子上，一朵托举着一朵，最下面的那朵融化了，土粒子湿了，缓慢地冻上了，随着雪花的不断增加，不断融化、冰冻，一骨碌，骨碌出老远。土粒子在不断发胖，小小的，圆圆的，冰丝丝的，玲珑通透，好像装了满满一副跳棋盘里的玻璃球，一踢，蹦蹦跳跳着你追我赶地乱跑，也不知道它们要跑到哪里。雪继续下，一直下，把所有的所有都覆盖了，看不见别的色彩，只剩下了白。天地我一白。

二三月间，一位意大利女高音歌唱家站在麦田边，她要唱歌，她，如果能唱一首蒋寨村的民歌就好了！雪停了，太阳出来了，暖乎乎地照耀着大地、村庄、河流，"噗"，被凝固了的冰挂化了，坠落在枝枝丫丫里。她的歌词，只有一个"啊"字，可是，调儿唱出

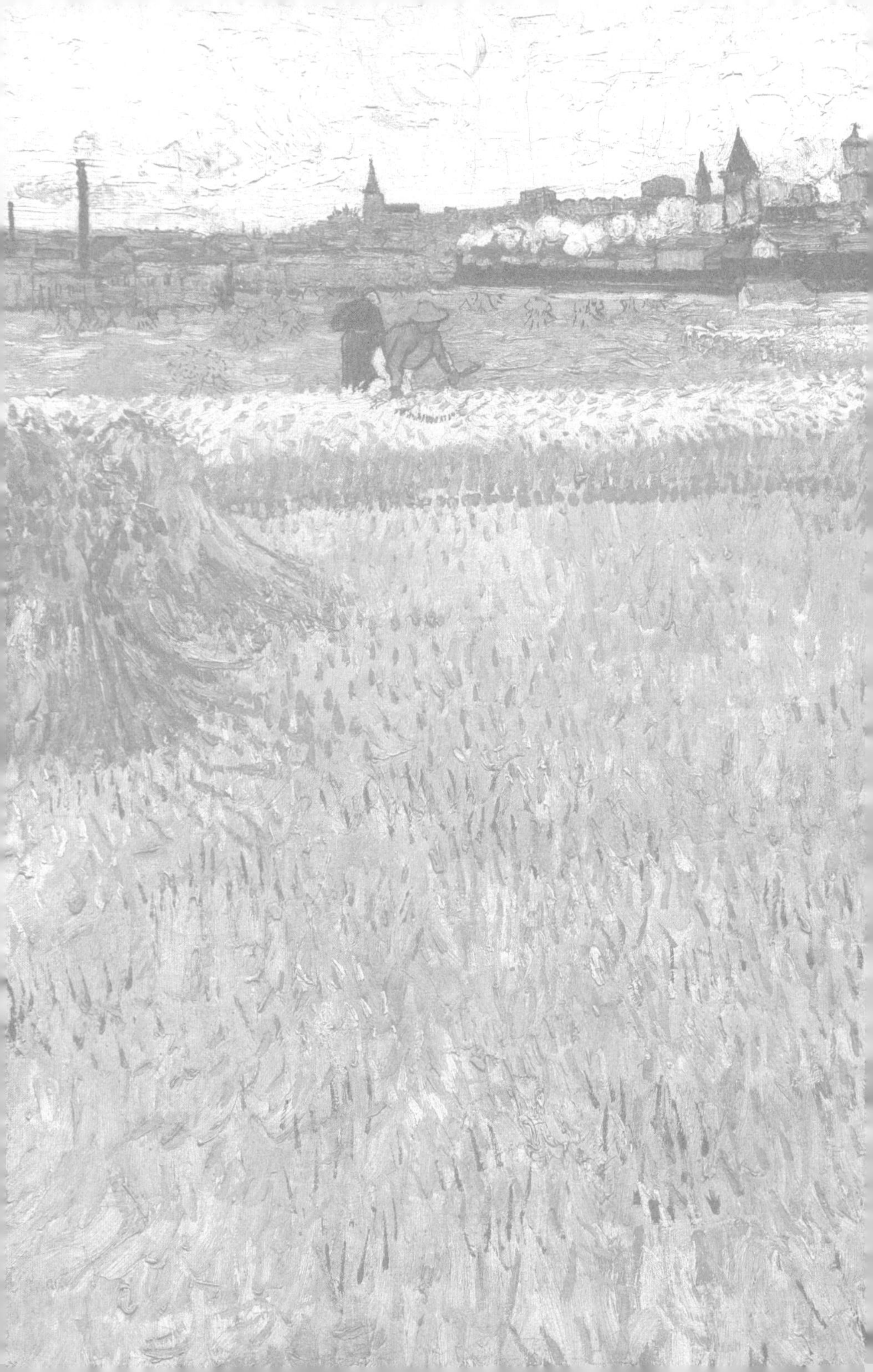

来了，味儿却散发着土腥气。小风，似乎停了，似乎又没有停，不过没有先前那样冷，到后半夜，风真的停了，满屋子的热气一下子圈住了。麦苗们横出了被窝，长长伸了一个懒腰，"憋死了！"就势做了个驴打滚儿。这田野，变成了一块一块的，一道白，一道绿，横横竖竖，深深浅浅，发展到后来，白皑皑的变成了绿油油的。

小麦们进入了变声期。它们，脸蛋上开满了一朵花，挺胸，收起气，脚尖翘起，小手伸展开来，随着3/4拍子、4/4拍子放声歌唱，婉转悠扬，两脚不动，但其余的部位都在唱歌，都在跳舞，天籁缓缓升起，金色的阳光普照麦地。你恍惚看见，一开始，天地间，空气中，好像有一根头发丝儿，从它们的口腔、鼻腔、胸腔和腹腔出发，越来越长，几米，几十米，几百米，几万公里，甚至无限地长，越来越粗，上接白云深处，闪电般击中了你。

有的唱啊，"一万个爹来，一万个娘，喊熟了大片大片的好麦浪"，你肯定是躺在麦田里了。有的唱啊，"每当我走过老师窗前"，你呢，也就打开了一幅工笔画：夜色中，你的数学老师在办公室里批改作业。有的唱啊，"春眠不觉晓，处处闻啼鸟。夜来风雨声，花落知多少"，还有"捧一把黑土，我亲爹亲娘的土"，不用猜，你已睡在孟春时节的木床上，雨，不紧不慢地下，其实它们呀，好像小磨香油一样金贵哩。有的呢，记不住一句歌词，只好在每一句歌词的最后一个字上，找出那个字的韵母，比如"土"

的"u"、"天"的韵母"an"、"娘"的韵母"ang",打开小嘴巴,随声附和,只唱一个音,外边的观众谁也听不出来。从童声合唱,到少年合唱、无伴奏小合唱、六声部合唱、男声合唱、女声合唱……清晨的原野里,歌声也由整体齐鸣,变成了这一片、那一片的演唱,无伴奏,无指挥,浑然天成。

麦子是被布谷鸟叫黄的,是被麦黄风刮黄的,是被毒太阳看黄的,是被平原上的男女老少喊黄的,对,一夜一夜,一天一天,一眼一眼,一声一声。黄,是金黄色,黄金一样的金属色,哪怕看上一眼,你就是贵族了。这麦浪,大海一样起伏,歌声从天而降,似遥远,似圣洁,那,是男中音、女中音?是男低音、女低音?太低了,低得不能再低,"哗哗""哗""哗哗哗""啦啦,啦啦——啦"……天门打开,春夏秋冬都进来了,红红火火都进来了,爱情都进来了,酸甜苦辣都进来了,听啊,这是麦子在唱歌!

餐桌上,多少年多少天了,我陶醉于每一顿饭的面食:一碗面条,一碗饺子,一碗糊涂,一个白面馍,一盆稀饭,几根油条。这些热腾腾、香喷喷的麦香啊,总让我闻到流口水,想象到香气弥漫的那片田野、那块麦地。这一碗面那一个馍,可能就是,其中的一垄麦子吧?何止是闻哪,我还会去听。听小东西里这么多氤氲升腾的麦香,到底是哪一缕,隐藏了小麦奔放的歌声?

把所有的太阳都打碎,把一首完完整整的歌打碎,你,可以唱

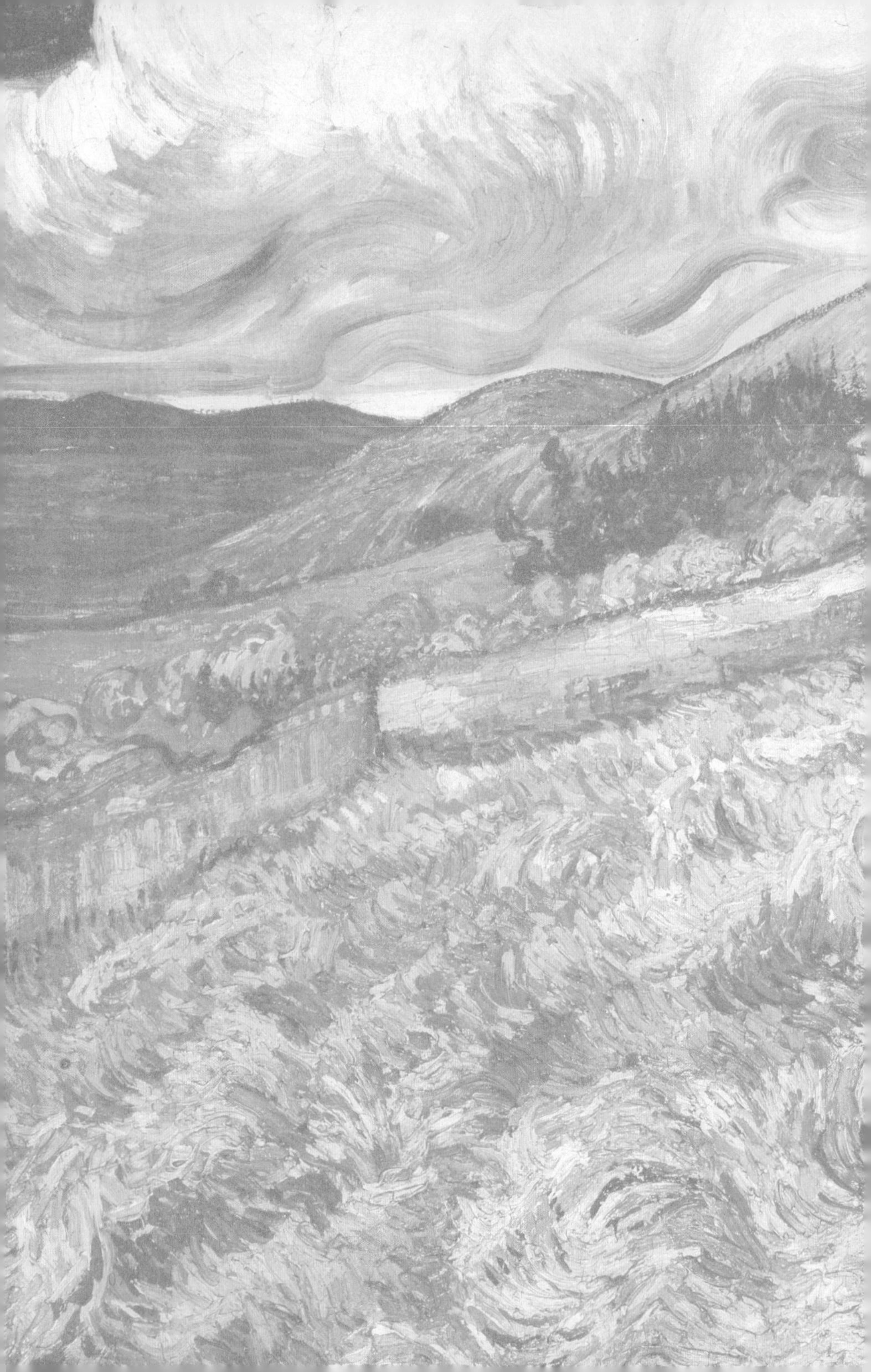

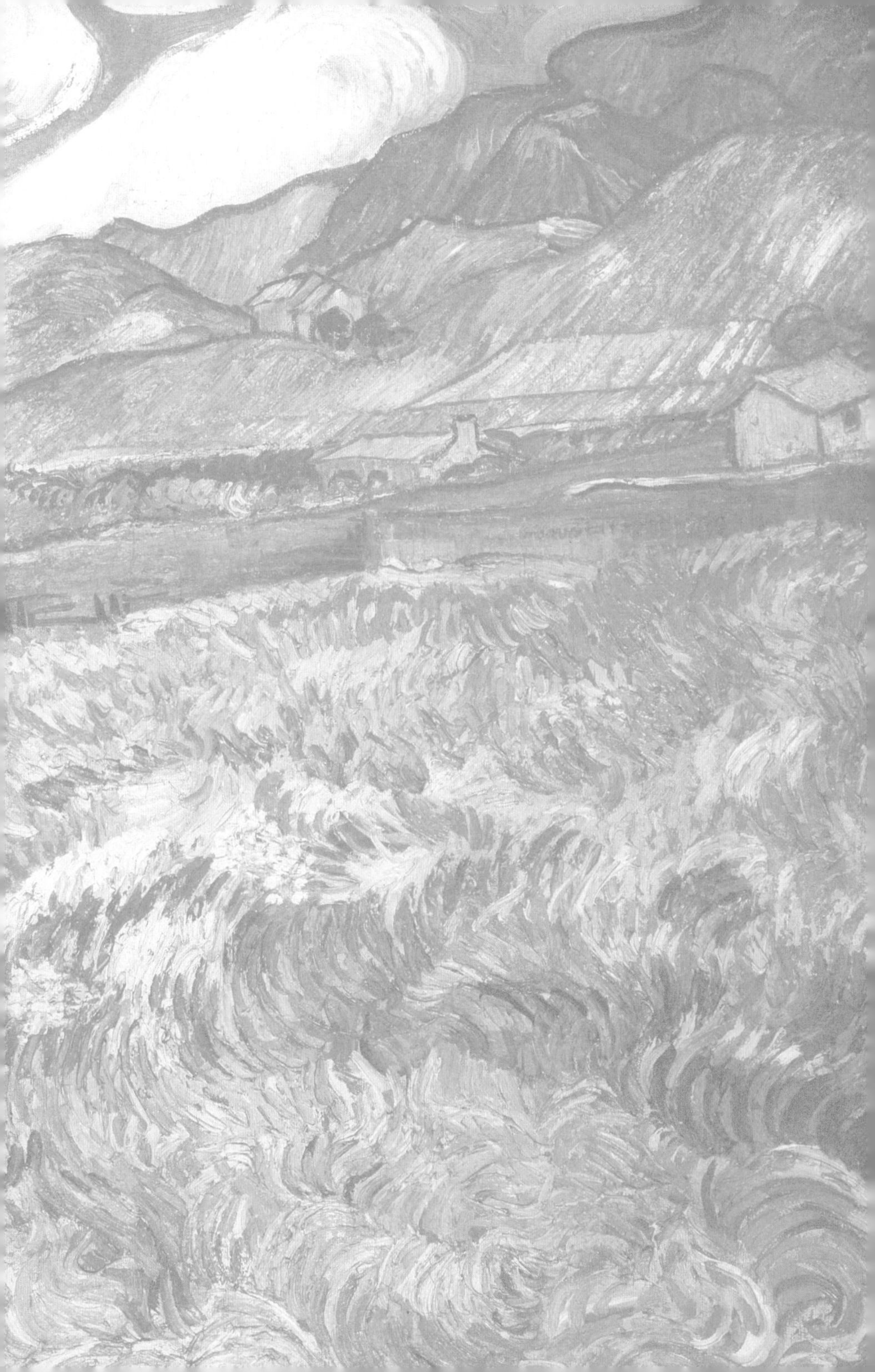

得"哼哼唧唧"的，可以格外地舒坦，走心。这一首首歌，不那么连贯，全都装进小东西里，碎碎的，只有那样，我们才能用一双双大手轻轻捧起。

它们，就是遍地金子，就是小麦。

一座城的生灵烟火

迟子建

童年时在故乡,因为狗没有看好家,我踹过狗肚子;鸡不爱下蛋了,我用柳条捅过鸡屁股;猪对我采的野菜挑三拣四,我会掐断它一顿主食儿,饿得它嗷嗷直叫。这些行为若是被姥姥发现了,会遭到她的责备,她惯常说的是,瞧瞧人家的眼睛多清亮哇,怪可怜人的,可不许欺负不会说话的哇。"人家"二字,说明了姥姥把小动物看作了人类一族。

我来哈尔滨生活 30 年了,进了钢筋水泥的丛林,与家畜和野生动物照面的机会,无疑就少了。因出版了以哈尔滨为背景的长篇《烟火漫卷》,其中写到一只雀鹰,有好奇的读者问我,在哈尔滨户外真能看见鹰吗?在大多数人心目中,它出现在城市,一定是在动物园中,翅膀都是僵硬的,这也勾起了我对这座城生灵的回忆，它们无疑是人间烟火的一种。

先说马吧。我初来哈尔滨，是上世纪90年代初，商品房还没兴起，老式住宅楼的楼道，成了居民们越冬蔬菜的公共储藏间。每到深秋，从郊县来哈尔滨卖秋菜的马车就来了。它们停靠在各居民小区入口或是菜市场的十字街头，售卖土豆、大葱、萝卜和大白菜。一车秋菜若是一天卖不完，马就要和主人在城里过夜。霜降之后的哈尔滨很冷了，夜里气温常降至零下，卖菜的裹着棉大衣蜷缩在马车的秋菜上，而马习惯站着睡，所以若是清晨起得早，常见马凝然不动垂立着，像是城市的守卫，而它蹄子旁的水洼，有时凝结了薄冰，朝晖映在其上，仿佛大地做了一份煎蛋，给承受了一夜霜露的他们，奉献了一份早餐。

《烟火漫卷》中写到流浪猫，源自我曾在南岗居所楼下的花坛遇见的一只白色流浪猫，它又老又脏，肚子是塌的，常到垃圾堆找吃的。我买了猫粮，散步时会在丁香树丛的一块大石头上，撒上一些，渐渐地它也认得我，见着我会停下看一眼，有时还撒娇似的，躺倒打个滚儿。因为我不常在南岗住，一袋猫粮大半年还没撒完。

就在那年初冬，一场小雪后，我又回南岗住，想着天冷了，流浪猫一定找温暖的窝去了，所以傍晚散步也没带猫粮。未料到一踏入花坛小径，就见干枯的丁香树下它的尸骸。它侧身躺着，瘦得肚子仿佛没了，就像一块消融着的雪。我喊来小区保安，他说前两天还见它窜来窜去呢,咋说死就死了?他说不可能是饿死的,因为那段时间小区的住户常喂它,看来它是冻死的。我给了保安一点钱,请他拿把锹,把它埋了。

从那以后走在花园小径,总觉良心不安。在《烟火漫卷》中,我让榆樱院中的两只流浪猫,一只为雀鹰殉死;另一只离开了榆樱院,再度流浪。

而《烟火漫卷》中的雀鹰,我在《后记》已交代过,它确实是有原型的。我曾在一家商业银行铺设塑胶跑道的工地,看见过一只深陷塑胶泥潭的燕子,它死时翅膀张开,可以想见它在生命的最后一息,多想挣离大地,飞回天空!而4年前搬到群力新居的次日,新年的早晨,我在北阳台的窗外发现了一只鹰!

鹰来到一座城市,一定带着我们不知道的气流,不知道的风云,不知道的迷失,不知道的它所经历的山林草原、峭壁悬崖,以及属于它的勇敢和怯懦、伤痛与离别。我将这只梦幻般出现又消失的鹰和那只葬身塑胶跑道的燕子,合二为一,在《烟火漫卷》中放飞了一只雀鹰。我让它蜷伏在跨越湿地公园的阳明滩大桥的栏杆上,这样开"爱心护送"车的刘建国载着翁子安经过时,就能遇见它,从而有了雀鹰在榆樱院的故事。城市的生灵在黎明与黑夜之间,始终静静地唱着生命的歌谣。

王蒙先生曾来黑龙江省政协,做过关于弘扬中国传统文化的专题

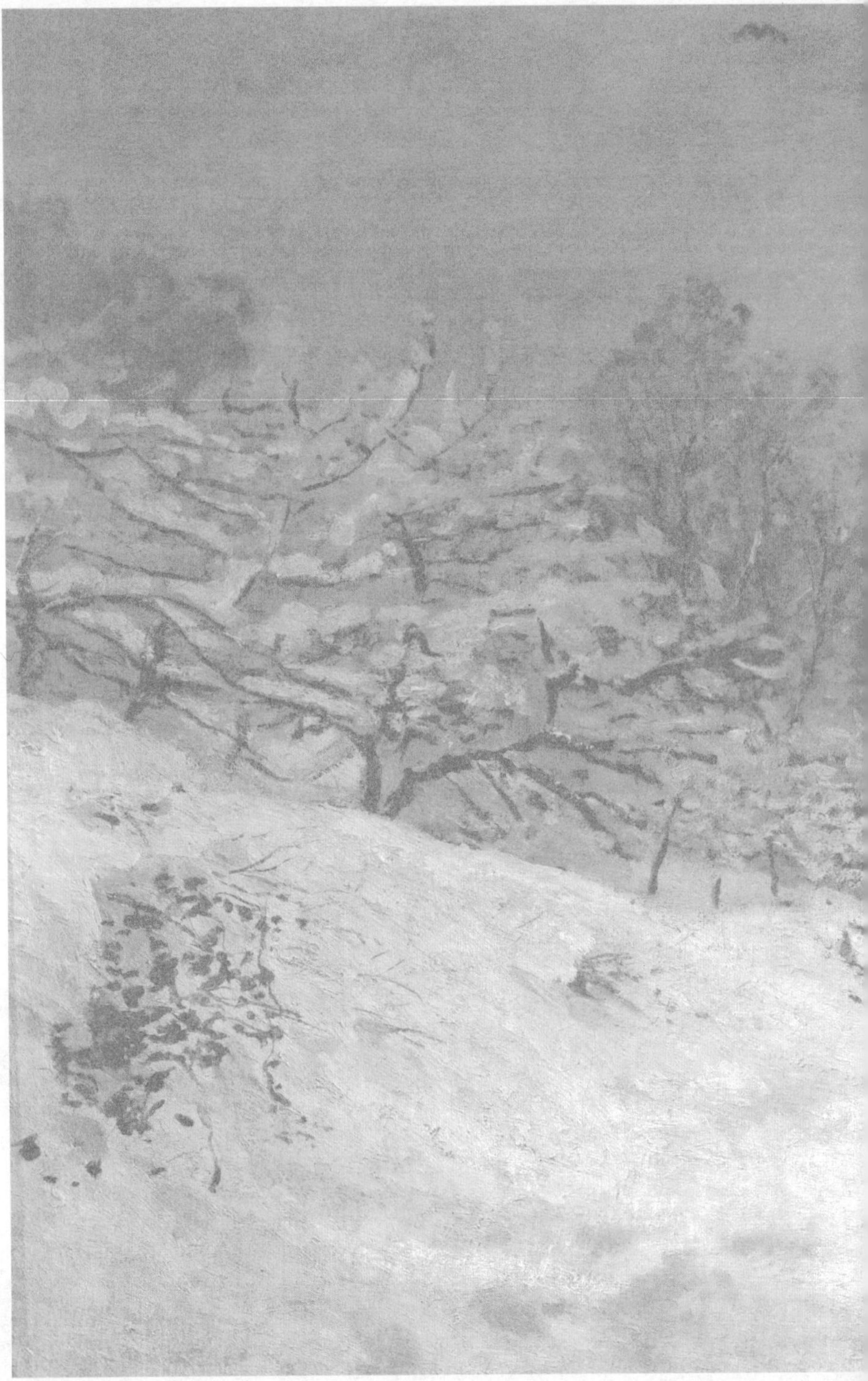

报告，会后我陪先生一行游览太阳岛公园的湿地。车行不久，先见一只灰鹤从灌木丛飞起，像青衣抛出的一条华丽水袖，惊艳一车人，还没等我们把视线从它身上转移，又有一双白鹤飞起，在车头前方蹁跹起舞，大秀恩爱。王蒙先生慨叹哈尔滨的生态环境太好了！我跟太阳岛公园管委会的同志开玩笑，说这不是安排的"秀"吧。他不无骄傲地说，你想安排的话，这些野鸟谁又会听你的呢！

而这些涉禽类鸟——大自然的芭蕾舞演员们，很快被接下来的一条鱼抢了风头，一条寸长的银色鲫鱼，竟然从流水潺潺的路面，蹦上电瓶车！我们飞快拍下那条来到人群中的鱼，见它还摆着尾，赶紧择了处丰泽的水面，把它放生了。不期然现身的鹤与跃上电瓶车的鲫鱼，以及去年秋天我在卧室发现的纱窗外匍匐的一只蝙蝠，似乎抹去了我之前在塑胶跑道看到的死去的燕子时，所留下的心理阴影。

哈尔滨的生态环境，确实得到了极大改善。然而这种骄傲感没维持多久，候鸟迁徙的季节，我看到一则新闻，有只东方白鹳在南迁途中，在哈尔滨的呼兰区，倒挂在高压线上，被解救后已经死亡，而它的脚部，疑似有盗猎分子布设的猎夹。一只戴着镣铐追逐着温暖的东方白鹳，命绝于人类泯灭的良知，没有比这儿最深重的渊薮了！

这太像我《候鸟的勇敢》的情节了，一只被盗猎者布设的超强力粘鸟胶所伤的东方白鹳,没有赶上季节迁徙的步伐,它与留下陪它的伴侣,伤愈后南飞,但时令已过,双双殒命于暴风雪中。别说这是它们的命运,当人心向下时,人性的黑暗,会埋葬这世上最不该埋葬的生灵。这样的埋葬多了,人类就岌岌可危了。如果我们丧失了生灵的烟火,一座城就少了最动人的色彩。我们治理环境,更要拯救人心。只有生灵的烟火融入大地,一座城的人间烟火才是美的。

浮世烟火

李　娟

　　晨起，沿着汉江边散步。霜降时节，天朗气清。江上的芦花洁白胜雪，风袭芦花，白鹭蹁跹，江水苍茫。

　　有人在江边垂钓，三三两两的女子在水边浣洗。沿着河堤走进小城的一条小街。路旁银杏树叶子转黄了，梧桐树的叶子黄了，枯黄的树叶落在青石板路上，分外有远意。

　　遇见一座伊斯兰风格的清真寺，气势宏伟。清真寺前有一棵三四十米高的大椿树，树下立一块石碑写着这棵树的故事。椿树有220年了，1983年7月31日陕南小城安康遭受百年不遇的大洪灾，洪水漫过河堤淹没安康小城，有二十余人爬上大树，才得以生还，这棵老树被人们称为"救命树"。

　　温暖的阳光洒在街巷里，风中有了寒意，小街整洁干净，青砖铺地。在斑驳的木门前，三三两两的老妇人坐在门前晒太阳。他们头发花白，神情安详，手里握着小婴儿的棉鞋、小棉衣，花色朴素而喜气。老人们手里做着针线活儿，笑意盈盈。

遇见一位老人，她满头的银发，慈祥的神情，低头一针一线做着针线活儿，多像我的奶奶。老人脚下卧着一只花猫，憨憨的，有点胖，它眯着眼睛打量着来来往往的行人。

慢慢走，小街的十字路口就是早市。年纪渐长，最喜欢逛的地方就是早市。路边卖菜的小车上，摆着翠生生的青萝卜，鲜红的西红柿，一清二白的大白菜，新鲜的板栗一颗颗黝黑发亮。路边的水池里，游着几条鲈鱼，龙虾举着大钳子手舞足蹈，生动鲜活。

读汪曾祺先生写家乡的集市："若是逢集，则有一些卖茄子、辣椒、疙瘩白的菜担子，一些用绳络网在筐里的小猪秧子，我们就怀着很大的兴趣，看凤穿牡丹被面、看铁锅、看茄子、看辣椒、看猪秧子，心底无事，只那样一路看去便是境界。"是啊，看市井人生、人间烟火、世俗百态，都是寻常人世的安稳。

中年男子在三轮车旁卖水果，有大鸭梨、黄澄澄的橘子，红柿子熟透了，不敢触碰。它们一排排整齐地摆在木盘里。老板吆喝着："卖柿子了，火罐柿子，甜过初恋。"路过的人听着都乐了。

看着柿子，就想起齐白石笔下的柿子，几个胖墩墩的柿子端坐在一起，如同过年时候喝酒的一家人，酒喝得脸庞和脖子都红了。柿子旁撒着几颗黑黝黝的蘑菇。白石老人喜欢题款：事事如意或四世同堂。生动鲜活，朴素暖心。

旁边有卖牛肉的店子，胖老板挺着大肚腩，握着一把锋利的切肉刀和中年女子聊天。女子顶着一头黄色的大波浪，手腕上戴着手指粗的金镯。这两个人让我想起一个成语：活色生香。

街巷里，遇见两个七八岁的小男孩脚踩着滑板，迎面呼啸而来，黑亮亮的短发，水晶似的眼睛。人生最快乐的时刻，就是风驰电掣的一瞬间吧。他们什么也不忧愁，什么也不惧怕。

戴深色头巾的老婆婆七八十岁了，白净的脸庞，慈眉善目，如一尊菩萨。她小桌上的玻璃瓶里腌制着红艳艳的萝卜，配着红辣椒和绿辣椒。腌好的酸萝卜和酸辣椒，配魔芋豆腐同炒，等炒熟时起锅，放一把一清二白的蒜苗，酸辣爽口回味无穷。

另一玻璃瓶是腌豇豆，红艳艳的辣子拌着晒过的豇豆。热油锅放入生姜片，五花肉先要煸炒出油来，腌豇豆此时下锅，柔韧香辣的豇豆与五花肉香合二为一，分外馋人。

大盆的酒酿盖在干净的玻璃下。江南人家的酒酿，在安康称为甜酒。我喜欢老人的甜酒，味道醇正，香甜醉人。老人家说，女娃娃要多喝甜酒鸡蛋，对身体好，再舀一勺桂花蜂蜜，又香又甜。

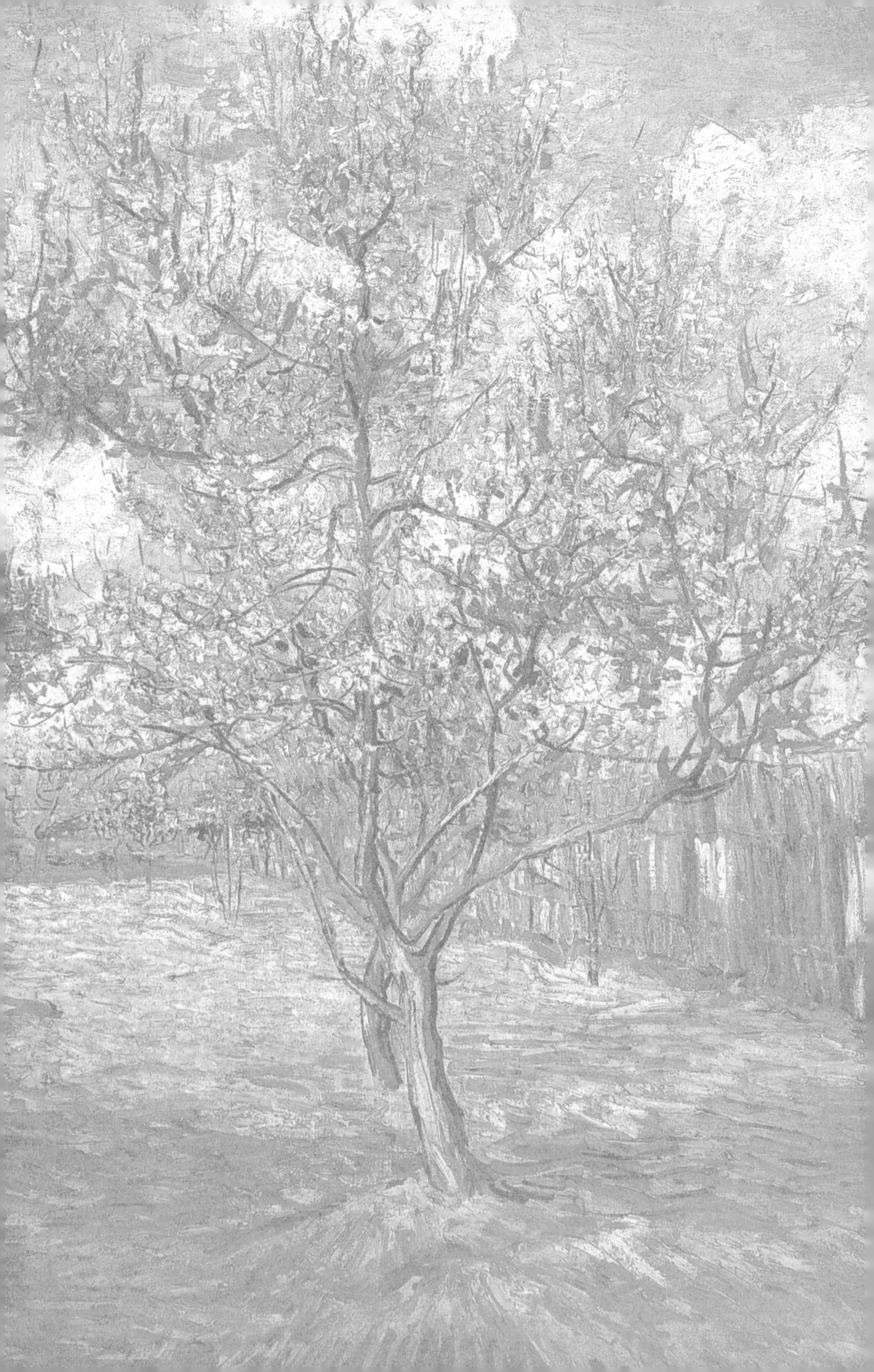

人生若是一程又一程的远行，生活则是一场盛大的酒酿。光阴一天天在酝酿着我们，把生命的火气和锐利一点点去掉，留下中年人生的从容淡定。

一条小巷深处，走来一群年轻人，人人脸上喜气洋洋，穿红裙的女子是新娘，帅气的新郎挽着新娘的手臂走到街口等着上车，迎亲的队伍是一排小轿车，车上贴着大红的喜字。

渐渐年长，越喜欢俗世幸福。

在公交车上遇见一对小情侣，一会儿低头窃窃私语，一会儿相视一笑。女孩的笑脸，如芙蓉花一样美好。

他们对面的座位坐着一对老人，岁月的积雪落满发间，他们相伴坐着，不言不语，平静安详，宛如长在一起的两棵大树，相依相伴，共沐风雨。

我默默看着他们，仿佛看见一个人的一生。穿越几十年的光阴，爱情不过如此，绚烂至极归于平淡。

寻常岁月，就是这样。有人喜结良缘，有人相伴着静静老去。让喧嚣的喧嚣，让寂静的寂静。浮世烟火的暖意，是抚慰心灵的良药。

请用一场雪款待我

炊烟四起,晚霞灿然。
热闹烟火日子最有暖意。

贵阳：隐秘而伟大的火锅之城

胡万程

一提到火锅，辣油火锅好像才是王道，火锅之城非重庆、成都莫属。不过从数据上来看，这句话只对了一半。2021年百度地图发布了一份《中国城市活力研究报告》，其中公布了2020年年末的全国火锅大数据。在全国城市火锅店拥有数量中，重庆的确是全国第一。但平均到人均火锅店数量的时候，重庆只能排到第六位了。而第一名是每万人拥有7.03家火锅店的贵阳，它是名副其实的火锅之城。

酸，但不只酸

贵州有句俗话，叫"三天不吃酸，走路打蹿蹿"。意为饭菜里要是不沾一点酸味，那赶路行走都会东歪西斜不成体统。听上去有些夸张，但结合历史并不难理解。古代西南腹地受交通运输条件和对外交流不便等因素的影响，食盐困难。当地居民便创制出一种"以酸代盐"的饮食调味方法，便于生津佐饭。

酸，可能是外界对于贵州人口味的第一印象。大名鼎鼎的酸汤鱼，便是贵州的代表菜肴。酸汤不只可以搭配鱼，牛肉、羊肉、猪肉、蔬菜都可以搭配，属于万金油般的存在。

贵州的酸味家族颇为繁盛，分毛辣角酸、红油酸、糟辣酸，其他旁支系如虾酸，甚至还有臭酸。每一种酸都各具千秋，被时光厚待出酸辣、鲜酸、咸酸的多彩风味。与其他口味搭配时，贵州

酸往往点到为止,"酸"入佳境后立马收住,让你再感受到其他如辣如鲜的滋味。

不过贵州并不只有酸。外地人在贵阳的街头漫步,行至美食汇聚的场所,会发现一个显著的特点——满大街都是锅类餐馆。酸汤鱼、酸汤牛料理自不必说,豆米火锅、猪脚火锅、阳朗鸡锅、鸡丝豆花锅、花江狗肉锅也俱有姓名。在贵阳人的心中,火锅并不拘泥于铁锅中一大盆油汤的形式,汤锅、干锅和烙锅都可称为火锅。

到了贵阳,还会发现火锅的口味并不仅有辣。除了麻辣、酸辣之外,清淡口味也是当地常吃的火锅汤底。

豆米火锅是贵阳清淡火锅的一个代表。简单来说,豆米火锅就是拿豆子熬成汤后涮东西吃。贵阳人常用的豆米多为芸豆。离贵阳不远的毕节是芸豆的知名产地,这里的芸豆颗粒饱满,口感绵密,煮起豆汤香甜软糯。喝上一口豆汤,暖流缓缓流入胃部,没有半分刺激,只觉腹腔无比舒适。

蘸水的奥秘

吃火锅离不开蘸料,而在贵阳,蘸料被称为蘸水。北京人喜蘸麻酱,潮汕人爱食沙茶酱,重庆人不可缺麻油,贵阳人不可缺的则更多。

扛把子当称糊辣椒面。遇上性子急或肚子饿的食客,菜还没下锅，糊辣椒加一勺汤底拌饭，先呼呼两碗下肚。

贵阳的典型蘸水通常是一小把糊辣椒铺底，再伴以葱花、姜末、青辣椒、折耳根、酱油、霉豆腐等调味。最精髓的在于舀上一大勺锅里翻滚的汤汁，浇在碗里将底料化开，吃什么锅就放什么汤。

蘸水一般都是自助的，不同人调出的味道也不尽相同。但大致的方法还是有一套的。拿酸汤牛肉火锅举例，贵阳的友人示范了一番正宗调配方法。他用煮酸汤的熟青辣椒、擂成茸的擂椒、糊辣椒面作为"主调"，淋上一大勺沸腾的酸汤，最后用豆腐乳增加其黏稠度。我尝了一口，味道层次感分明，在其他地方很难尝到。

友人的蘸水实际上还是避开了一味重要嘉宾——喜欢的人无比爱吃，讨厌的人避之不及的配菜折耳根。为了减少腥味，贵州人处理折耳根往往切得很碎。切后有如同香菜等调味料一般强烈的辛香，细嚼之下还会有一缕回甜。

与折耳根齐名的，还有一味"你之蜜糖，我之砒霜"的辛香料——木姜子油。木姜子油有一种穿透性极强的特殊气味，十分刺激味蕾，并不是每个人都能接受。而贵州人酸汤会加一些，蘸水会加一些，凉面会加一些，甚至炒菜也会加一些。

一个有趣的事实是，虽然贵州有这么多外界很难接受的调料，但被誉为"中国味道"的老干妈辣酱同样出自贵州。

如果说老干妈是走向世界的贵州味道，糟辣椒就是走进贵州人心里的乡愁。糟辣椒是剁椒放盐储存而成的一种酸辣调味品。贵州的友人告诉我,每逢思亲想家之际,空口咂摸一点儿家里寄来的糟辣椒,就仿佛回到了家里一般。

地摊火锅

贵阳火锅店多,还有一个很重要的原因就是价格低廉。住宅区楼下随处可见小型火锅店,即一种被称为"地摊火锅"的露天餐馆。

地摊火锅,仅听这个名字,有一些重庆担子火锅的味道,但实际上它起源于毕节的"活菜火锅"。

在半露天的敞篷餐区,食客们从菜品区挑选食材,由厨师现场采摘烹饪。地摊火锅讲究锅底现炒,一小坨猪油热锅,下肥猪肉煸出更多油脂。烹饪流程从炼油到配料,再到翻炒辛香料,厨师全程在食客们众目睽睽下作业。这类火锅的锅底一般按人头算,普遍是10—12元一位,蔬菜米饭随便吃,加上另算的肉,人均消费大概只要50元。

没有精致的摆盘,没有猎奇的食材,有的只有那份热闹劲儿和烟火味。我想这也是火锅能够在贵阳大行其道,贵阳人深爱火锅的原因吧。

兰州：一座城一碗面

王 飞

旅居美国的著名美学家高尔泰曾这样描述兰州："这是个美学上荒凉得可以足不出户的城市。"南北两山包夹，一条黄河居中穿城而过，兰州人就在这座狭长的城市里繁衍生息，虽然位于中国版图的几何中心，却被视为边远之地。

这座荒凉的城市有一种独特的味道，那是牛肉面的味道。很多兰州人的一天，就是从一碗牛肉面开始的。冬日里，一碗热气腾腾的牛肉面下肚，仿佛打通了经脉，令人通体舒畅，忍不住要伸个懒腰，用兰州话赞一声："满福！"

兰州牛肉面离开兰州，味道就不香了

兰州牛肉面的招牌全国各地都有，但出了兰州，味道基本不正宗。出差在外或客居他乡的兰州人，见了"正宗兰州拉面"的招牌，都要迫不及待地一解乡愁，但这些牛肉面馆大多是青海化隆人开的，与真正的兰州牛肉面并无关联。

"清醴肥菏，自成馨逸，汤沈若金，一清到底"，这是被誉为"华人谈吃第一人"的美食名家唐鲁孙对兰州牛肉面的评价。1915年，回族人马保子因生计所迫，开始在家制作"热锅子"牛肉面，用扁担挑到兰州南关什字大菜市摆卖。这本是一种面条的简易做法，在凉面上浇上热汤汁即可食用。后来，他别出心裁地尝试现场拉面、煮面，又把煮过牛、羊肝的汤兑入牛肉面中，顿时香气袭人，由此创立了兰州清汤牛肉面。

为了让面条更加筋道，马保子又在面粉中加入了适量的蓬灰水。蓬灰是兰州本地一种野生的蓬草在深秋枯黄后烧成的灰，加入蓬灰水可以使面柔软发松。经过"三遍水，三遍灰，九九八十一遍揉"，就可以拉出粗细不同的面条。

1919年，马保子租下兰州东城壕北口（今静宁路十字城关区人民医院东面）的一间铺面，开了兰州第一家牛肉面馆。1932年，唐鲁孙自上海出发赴西北考察，抵达兰州之后，慕名前往品尝马保子牛肉面。他在《什锦拼盘》一书中记述了这次寻访美食的经历："小面馆就开在省府广场左首……是一座没有招牌不挂门匾的砖砌小楼。楼上待客，摆了几张小八仙桌、几把矮条凳儿，此外除了碗筷、油瓶、醋罐之外，空无所有。"让唐鲁孙惊奇的是，"十几碗面同时下锅，或粗或细，有圆有扁，虽然花色繁多，可是有条不紊"。最妙的是任凭面条在锅里千翻万滚，但总不混杂，各自为政，从来没有人能在自己碗里挑出两样面条来。

兰州是去经西域的咽喉之地，自古以来多民族杂居，文化交融。兰州临近的甘南藏族自治州牛肉肉质细嫩，少有腥膻；藏族的牛肉，汉族的面粉、蔬菜，再加上回族人的精细手艺，牛肉面就在这座城市诞生了。

一碗牛肉面里透着兰州人的个性

"牛大"，这是兰州人对牛肉面的叫法，透着亲切和宠爱。平日里，总能听到兰州小伙儿呼朋引伴："走，扎个牛大。"一碗面，有肉有汤有菜，好吃管饱，营养丰富，只花六七块钱。每到用餐高峰时段，各家牛肉面馆队伍排得老长。有性急的汉子，找不到座位，干脆端碗出门，撸起袖子，面朝马路蹲在道牙边上就吃起来。这是兰州街头的一道风景。

面馆的舀汤师傅都有"超强大脑"，一次收十几张餐票，食客递上餐票的同时说明需求，韭叶、毛细、薄宽，辣子多放、萝卜多放、不要香菜，一会儿端出来，分毫不差。牛肉面天生具有快餐的属性，从开始拉面到面条出锅，也就两分钟。很多小馆子，只有巴掌大的店面，用餐高峰时段往往被食客塞得水泄不通。在这种情况下,快快吃完,抹嘴走人,给后来者腾出位置,是兰州人普遍具有的美德。

牛肉面是兰州人生活的一部分,看人吃面,往往就能知道这个人的性情。而兰州人骨子里的幽默和自嘲精神,也透在那些和牛肉面有关的段子里。

对于热爱饮酒的兰州人而言，牛肉面有种神奇的魔力，每当宿醉之后肠胃不适，一碗牛肉面下肚，立刻元气满满。改革开放初期，物资匮乏，普通老百姓能吃一碗牛肉面就跟过年一样，而如今过年期间，牛肉面馆都要关门歇业几天。大年初三，少数开门迎客的牛肉面馆都会被挤得水泄不通，人们迫不及待地来到这里，仿佛吃到这一碗面，日子又重新回归了正常的轨道。

2007年，全国物价"涨"声雷动，牛肉面价格也应声上扬，由2.5元涨到3元，市民意见强烈。在外地人看来似乎难以理解，但正如兰州市物价局官员所言："牛肉面在兰州就是民生的缩影，其价格在兰州是具有独特地域特性的公共民生价格——绝不亚于水、电、气、暖和公交票价。"

如今，兰州牛肉面的从业者开始推动产业升级。以东方宫、明德宫为代表的连锁企业，一改往日牛肉面馆逼仄简陋的形象，酒店式的用餐环境让吃牛肉面这件事也变得高大上起来，前者更是在北京、成都、深圳等地开设了数百家门店。

去上海老酒馆乐胃

马尚龙

在我曾经生活了很长年月的淮海路弄堂口和弄堂对面,有两家特别有意思的店,一家是现在非常热闹的光明邨,一家是曾经吃老酒非常热闹的"茅万茂",不过,"茅万茂"早就消逝了。

茅山酒店在光明邨的对面,淮海中路最最繁华的地段。"茅山酒店"是这一家酒店最后一个名字,因为在20世纪90年代初,它消失了,但是知道它的人,从来不叫它茅山酒店,而是叫它更早的名字"茅万茂",吃老酒的店。最早是开在福州路上的,还是1942年的事情了,取名老万茂酒栈。旧上海的四马路(福州路)是文化街,也是青楼街,文人和酒色相融,倒也顺理成章。1950年搬到淮海中路601号,改名万茂酒栈。

已故著名画家贺友直恰是茅万茂的常客,贺老喜欢咪咪小老酒

早就是文化圈的美谈,却很少有人知道他喜欢茅万茂,而且还一点不八卦,是贺老自己文章里写出来的:

我们男人做丈夫的,肩负养家糊口的重担,拿到手的工钿,一文不少地上交夫人,普遍的现象是如此。然而我等画连环画的除工资外还有稿费收入,这部分是否悉数上交则态度各异了。同行中称这种私瞒收入的为"飞过海"。

每到周六,必约好友范一辛到淮海路"茅万茂"小饮,一人两只蟹,烫两壶酒,五元人民币还可找几角。

是不是文化人中只有贺老才有如此的爱好?我就此问了著名画家戴红倩,请他回家问一问他的老爷子戴敦邦先生,当年是否也是有此

雅兴？果然，只是店家不同。戴老当年，当然当年还不是戴老，喜欢去的是王宝和，如今吃大闸蟹最有名也最不便宜的酒家。

王宝和酒家原名王宝和绍酒栈，创建于1744年，是上海最老的一家酒店。它以专营绍兴陈年黄酒而著称，以专营"王宝和老酒"，清水河蟹闻名于世。戴老说，那时候去王宝和吃老酒，一吃就是一天，几壶酒，蟹脚扳扳，闲话讲讲，老酒咪咪，很是惬意。

想到了沪语的一个词：乐胃。曾经有人为应该是哪两个字争来争去，有说是落胃，有说是落位，也有说是乐惠。但无论是哪个词，乐胃都是一种生活状态，并且由此滋生生活态度。

店堂一只只八仙桌比邻，坐满八个人，绝无包房。我们的大师贺友直、戴敦邦，当然还有更多的文化人，还有工人，当年就在八仙桌边，和人讲大道，谈山海经，听听小道消息；自然有消息灵通的人，从世界政治风云讲到上海的黑灯舞会，自然也有博古通今的人，上知天文地理，下知鸡毛蒜皮，八仙桌上少不了这种人的，酒一吃，讲得更加扎进。其他人，讲得拢的（投缘的），约好下趟来就坐了一道；讲不拢的，下趟就黄牛角、水牛角，各归各。酒逢知己千杯少，话不投机半句多，不也是找到了绝妙的遗迹了吗？

石家庄的安徽牛肉板面

王枪枪

经历了热干面加油、炸酱面加油、拉条子加油、担担面加油,轮到石家庄时,却变成了安徽板面加油。

安徽牛肉板面,怎么就成了石家庄的特色美食了?

板面的特点,一言以概之——油、咸、硬。板面面条要筋道。有说法是,店家做面条时会用手摔打,但不是所有小店都会这样。汤料很重要,要用牛油炸大料、小料、辣椒和肉,讲究咸、香、辣。

宽面,小青菜,浇上板面汤,放上卤蛋和经过油炸变黑的辣椒,就是价格亲民,有肉有菜有主食还有汤的一餐,很多人还爱加个用板面汤卤过的鸡爪、豆腐皮、香肠等,丰盛又划算。

都说一个城市的饮食文化,跟地理、物产、交通、经济、人文都息息相关。石家庄是一个年轻的城市,它的兴起得益于现代铁路的发展。1903年正太（今石太）铁路动工兴建，为了减少费用，避免在滹沱河上架桥，将正太铁路起点由正定改为振头站。1907年正太铁路全线通车，从此，石家庄村东成了京汉、正太两条铁路的交会点，随之兴起了转运业、商业服务业和工业企业，石家庄才从一个小乡村慢慢向工业城市转变。甚至连"石家庄"这个名字，也不过70多年。解放初，石家庄仍称石门市，隶属于晋察冀边区。1947年12月26日，石门市政府决定将市名改为石家庄市。石家庄是"南北通衢、燕晋咽喉"，异乡食物有更多的机会传到这里。

板面来自皖北第一大城市——阜阳市的太和县，当地人叫"太和板面"。阜阳是人口大市，是全国五个人口超千万的地级市之一。阜阳也是全国农民工输出地五大源头之一，板面便和讨生活的太和人一起来到了河北，并在这里生根发芽。"太和板面"其实是羊肉板面。但在攻占京津冀后，可能出于对成本、北方人口味的考量，羊肉板面悄悄变成了牛肉板面。

成都:"泡"在茶馆里的城市

— 蒋光耘

饮茶之于四川,远可溯到西周。据《华阳国志》记载,周武王伐纣时,巴蜀等西南小国将其所产茶叶当成贡品献给周武王,使之大开眼界。在周武王的倡导下,华夏大地开始普遍饮茶,饮茶逐渐成了全民日常生活的重要组成部分。

蜀人喝茶已有 2000 年历史

土地肥沃、气候温和的天府之国培育了历史悠久的茶文化。据《华阳国志》记载,古蜀人用"葭萌"称后来的茶;清初学者顾炎武研究中国古代茶事后得出结论:"自秦取蜀而后,始有茗饮之事。"

公元前 59 年,两汉王褒在《僮约》中有"烹茶尽具……武阳买茶,杨氏担荷"的记载。当时的成都一带,饮茶已成为风尚,也有了专门的茶具,这是世界上最早最明确的饮茶记载。如此算来,蜀人喝茶的历史至少也有2000多年了。由于消费需要,出现了如武阳(今四川省眉山市彭山区)一类的茶业市场。

到了唐代,四川已有规模相当大的茶园,名闻全国。西晋人张载在《登成都白菟楼》诗中赞扬:"芳茶冠六清,溢味播九区。"陆羽的《茶经》和李肇的《唐国史补》等历史资料记载,唐代名茶约有50多种,其中有18种出自四川,说明四川茶业之兴旺。

据中外茶叶专家近几年的考证,蒙顶茶是世界上最早出现的名茶,已有2000多年的历史,自唐代到明清皆为贡品。唐代黎阳王在《蒙山白云岩茶》诗中称颂蒙顶茶"应是人间第一茶"。

关于茶,成都也因此创造了诸多全球"第一":第一家茶馆、第一个茶叶市场、第一首茶诗等。

新罗王子创建最早的茶馆

成都第一家茶馆,也是最古老的茶馆,是大慈寺禅茶堂。创立这个禅茶堂的人并非中国人,而是来自新罗国的一位王子。

公元728年,新罗国圣德王金兴光第三子来到长安,受到唐玄宗的礼遇,其后王子周游入蜀,在资州德纯寺拜谒禅宗五祖弘忍的得法弟子智诜禅师后,取法名"无相"。无相禅师在蜀地参禅时,向蜀人学习饮茶,养成饮茶的习惯,并创立了禅茶之法。

公元 755 年，安史之乱后，玄宗皇帝奔命入蜀，驻跸成都，敕建一寺，御笔手书"大圣慈寺"四字。大慈寺建成后，无相成为大慈寺唐代祖师。他大力提倡禅茶之法，将茶叶视为灵芝一般的仙草。

后来，"无相禅茶"传到了韩国、日本，至今盛行。

遗憾的是，如今到大慈寺基本无缘领略禅茶了，当年的禅茶堂也重新翻修，改成了普通的大茶馆。

茶楼、茶馆超过 3000 家

上世纪 20 年代，成都名气最大、最热闹的茶园要数"悦来园"，它既是茶园也是戏园，是川剧艺人和戏迷们的聚集之地。

悦来园建于 1905 年，当时的"戏圣"康子林和杨素兰、唐广体等人将"太洪班""苏玉班""翠红班""长乐班"等川剧戏班联合起来，组成了"三庆会"，悦来园就成了名副其实的"川剧艺术中心"。正因如此，过去女子禁止入茶馆的千年老规矩，也在悦来园，因达官贵人的家眷来看戏，设有专门的女宾雅座，而自然开禁。

在成都，最平民化且留存最久的茶馆要数坐落在成都市人民公园内的"鹤鸣茶铺"，有近百年历史。"鹤鸣"二字，出自《诗经·小雅·鹤鸣》："鹤鸣于九皋，声闻于天。"无论是外来游客，还是本地人，要体验最具成都特色的茶馆都要到此游走一番，坐上竹椅，泡上一碗茶，细细品味老成都的味道。

1935 年，《新新新闻》报载，成都当时有 60 万人口，共有 667 条街道，大大小小的茶铺有上千家。今天，成都的茶楼、茶馆超过了 3000 家，成都的茶文化无论是在文化沉淀，还是民众基础上，从古至今都处于相当高的水准。

百业千行钟情茶铺

成都的茶馆非常热闹，卖瓜子、卖花生、卖水果、掏耳朵、擦皮鞋、按摩、搓麻将、打川牌、谈生意、拽瞌睡、看报纸、玩手机，百业千行都对茶铺情有独钟。

成都人的休闲气质自古就有，白天在茶铺摆龙门阵、打长牌，中午在茶铺吃饭，到了晚上，就在茶铺听评书，《说岳》《隋唐演义》《三侠五义》纷纷上演，日子过得非常舒适。对大多数穷人来说，不可能花钱喝茶坐着听，那就在街沿上站着听，也可以过一天。

成都人过去讲话很文雅，连不识字的老太太都会说"摆聊斋""穷斯滥矣"（出自孔子《论语》），这些知识都是从茶铺听书听来的。

成都茶馆具有很强的社群聚会功能，人们泡茶馆的目的之一是"摆龙门阵"，借此获得精神上的满足，把自己的信息告诉别人，再从别人那里获得更多的社会信息。

没有茶就没有成都

成都老茶馆另一派生出的功能是"吃讲茶"。如果出现了邻里纠纷，当事人一般会去找当地德高望重之人来评判。于是，当事人双方邀约亲朋好友，大家坐到茶馆，听德高望重者评断是非曲直，最后由理屈一方结付茶资。

"吃书茶"是老成都夜生活的主要形式，无论何等人，忙碌一天之后，都喜欢唤上三朋四友，到茶铺，用盖碗一边拨弄着茶碗里漂浮在茶汤上的几片花瓣，一边聊着天南地北，等待着说书人或艺人出场。

对于川剧、四川扬琴、清音、说评书、打金钱板等民间艺人来说，茶馆是他们极好的舞台。成都早期的剧场都产生于茶馆，茶馆也用这些演出吸引茶客，名角都是在茶馆中被茶客们捧成明星的。

盖碗茶可谓锦城一绝。"盖碗杯"分为茶碗、茶盖、茶托三部分，也称"三件头"。相传为唐代四川节度使崔宁发明。

崔宁常常以茶会客，见使女送茶时，常因茶碗太烫而多有不便，于是用蜡将茶碗固定在茶托上。后来，这种茶具在民间流传开来，全国各地仿造。

饮茶，是历代成都人生活的一个重要部分。在别的地方，去茶馆叫作"坐茶馆"或雅称"品茗"，而在成都，则被叫作"泡茶馆"，一个"泡"字，足以让你感受到嘈杂喧闹却又生活气息浓郁的氛围。

小日子

乔 叶

都说春雨贵如油,春雨大概也是知道这句话的,所以很是持重,轻易不肯下。待它下了,自然也不该任它白下。这个下午,接近黄昏的时候,听着窗外滴答滴答的雨声,我便打了伞出去。

雨不大不小,下得分寸刚刚好。有车灯照过来的一瞬,光中的雨丝显得格外有质感。可只是站着看雨也是有些呆傻,总得貌似有些事儿做。最便捷最当然的选择,就是逛家附近的小店们。这些个小店逛起来,真是让我流连忘返,个个都爱啊。

"小翠酱萝卜",号称是喝粥必备,确实也是我家必备的。承诺是:所有的菜都是亲自加工,绝不使用半成品,也绝不使用香精色素添加剂。吃过几回后,我着实信了。售卖的自然不只是酱萝卜,荤素都有,尽量丰富。酱萝卜八块钱一瓶,嘎嘣脆的酱黄瓜和韩国泡菜是九块一瓶。荤的都是喜闻乐见的品种,论斤卖的:五香猪蹄36块,猪头肉39块。论个卖的:鸭头五块,豆瓣小黄鱼12块。看着品相,闻着味道,简直都忍不住想去扫码。所以我有时候逛这种小店故意不带手机,怕自己忍不住。实在是不好忍住。

往前走,味道是一股特殊的浓烈,臭豆腐和烤面筋的小店到了——也不是店,就是一个橱窗式的小摊位。臭豆腐也罢了,我不怎么吃。烤面筋则是我的挚爱。吃了这几年,我也眼看着它们一点一点地贵了起来。从一块钱一串到五块钱四串,如今是十块钱七串,这种算法就是在考食客们的数学。不过我倒是无所谓的,因为我喜欢按整数买。到了烤面筋的摊位,我要么就不上前,若是上前了就立马掏钱,免得自己纠结。然后就看着老板取面筋,蘸面酱,烤啊烤啊,烤了这面烤那面,再刷一遍酱,最后撒芝麻,装袋。拿到手中,先吃烫嘴的油香,迷人的一串,筋道,难以言喻。

再往前是卖火锅食材的店,叫锅圈汇。第一次进去的时候,我惊呆了。这就是火锅食材的小天堂,什么都有,应有尽有。酱类的芝麻酱、沙茶酱、香菇牛肉酱、海鲜酱,等等。调料类的花生碎、蒜蓉、香菜碎,等等等等。肉类的肥牛、肥羊、黄喉、手撕毛肚、白千层、牛筋丸、青虾仁、亲亲肠、脑花,等等等等。素的更是琳琅满目,豆类的,菌类的,蔬菜类的,一个单品都能分成若干类,如竹笋就有春笋、冬笋、纸片笋、泡椒笋、火锅笋……此店让我深刻地觉得，自己在吃上面的见识还很有限，进步的空间还很大。

拐过街角，又是一排小店：卤御烧肉，紫燕百味鸡，皇城根酱肉，博爱牛肉丸子，北京烤鸭，岐山臊子面，春燕素食汇，五谷杂粮煎饼，汉中热米皮，濮阳卷凉皮，金擀杖擀面皮……似乎有插播软广告的嫌疑。店家们不会给我广告费，以我的影响力也带不了什么货——可也顾不了许多了。不写下来我就觉得对不起它们。把它们的名号一一写下来的过程，恍若是和老朋友们一一打招呼。

除了锅圈汇之类特别与时俱进的小店外，其他小店都很有些年头了。我生活的小区很旧，附近也几乎没有新楼盘，但据我认识

的一个房地产中介说我们周边很少有房源，想要卖房子的人很少。为什么呢？我问。他夸张地提高了声音，回答道：大概是因为在这里生活太舒服了，太方便了，太美好了！——这些小店，一定是这"三太"生活的重要功臣。

最后进的小店是一家小超市。我每次进去，都不会空手。是一定要买点儿什么的。这次在蔬菜档上居然看见了面条菜，真是喜出望外，尽管此面条菜长得未免太过茁壮，一看就是超季超前的，不是完美的面条菜。这种状态的面条菜，铁定是大棚里种的。野生的面条菜还得半个月吧，还是天气晴朗的情况下。不过，有的吃就很好了。我买了半斤，又买了一小扎香菜，明天中午的面条，就要靠它们俩了。

回去的路上，左手打着伞，右手拎着这两袋菜，偶尔有雨丝落到发上。行在这春雨之夜，灯光旖旎，可爱的小店们夹道拥抱，让我觉得自己简直富足无比。

额外的东西

张　欣

小时候觉得爆米花很神奇，少一点米拎回一大袋子甜丝丝的白米花，捧在手里开开心心吃都吃不完。

因而形成了"爆米花思维"，希望发生在自己身上的好事变本加厉，如果参加一项工作最好成为市重点省重点全国重点然后得奖；如果是写书就想受到无数好评然后还是直奔得奖而去；要不是就要有很多很多的钱或者很多很多的爱从天而降，这些都是非常憧憬的。

年轻的时候何止气盛，觉得出现任何好事难道不应该吗。

可是现实当然不是爆米花，付出少就可以得到多多。从来就没有这个故事。

我们慢慢发现所有的好事几乎都是跟自己擦肩而过，尤其是那些我们格外看重的东西，越在意就越得不到。

有些人是得奖专业户,但是你,海选的时候就泥牛入海。

有些钱别人至少看上去很轻松就赚到了,你费了牛劲能拿到一个平均值已经是上上签。

你对自己喜欢的人羞于表达,但他已经直接跟你的闺蜜表白了。

你很努力地工作,但是你的老板就是不喜欢你,横挑鼻子竖挑眼,不看你也不跟你说话。

这也就算了,毕竟社会复杂,别打陌生人的主意,悲催的是有可能家人都看不见你的付出和成长,那个一无是处的人说的就

是你。

即使你的一片真心或者肺腑之言呕心沥血,请问又有谁在意呢。

你终于不再有任何指望。

然后你就沉默了,感受到孤独,慢慢变得不合群。

因为在人群里就更觉得孤独。

当然你也不再吃爆米花了,你遇到了一些人,离开了一些人,走失了一些朋友,也开始接受"无事就是好事"的现实。

重点是你并没有放弃努力,你还是喜欢钱喜欢奖喜欢爱,但是心里明白得不到并非这个世界不公平,还是自己努力得不够,哪怕是差一点运气也可以坦然面对直到收心养性,不再那么慌慌张张了。

常常是在不经意的时刻,也没有什么需要和期待,那些所谓的小确幸才会出现。就像演员尹汝贞七十三岁拿到国际大奖。她活得那么轻松、自在,给人的感觉是大奖需要她树立一种榜样。

前夫示好也可以不接话不回应,任其说她是世界上最帅的女人。

平时穿着随意,布衣、素颜。

感觉她已经不再需要任何额外的东西。

人生也只有到了这个阶段,我们才开始明白这个世界上根本没有应该,才开始珍惜别人的善意,才开始领略所有的温暖与美好。

味道

王　干

有人把人生的体验与人的味觉联系起来,说可分甜酸辣苦四境界。第一阶段是爱吃甜,婴儿刚刚降生,见了甜水就爱喝;第二阶段是吃酸,十七八岁的女孩往往都爱吃话梅,一般人家都是用醋作调料;第三阶段是吃辣,在我们日常生活中红辣椒和绿辣椒,是很受欢迎的,家家都不拒绝它们进门,只是因家制宜,根据口味来选择辣味不同的品种。至于苦的境界似乎有些"小众化",很多人畏苦怕苦。这或许是人们尝够了生存的困苦和艰辛,不想自找苦吃了。

这种说法显然有它的局限,因为忽略了不同地域的饮食习惯,比如云贵川湘鄂地区人好辣喜麻是多年的习性,我们就不能说他们的人生境界就比其他人高,而上海周围的人喜好酸甜,不能认为这些酸甜族的境界就低。四境界的分法只是一种比喻,旨在说明人生便是各种滋味的混合体。

我小时候特别爱吃甜食，长大以后发现，几乎所有的人都爱吃甜食，现在发现，很多地方的名优特产食品，无论是什么酥什么糕什么糖，都是由糖和油这两大成分搅拌而成，号称辣不怕的西南地区如此，以口重出名的山东、东北亦如此，中原如此，西北也是如此。地方特产的一个共同特点，就是保存了人的童年记忆、童年口味。当然也是贫穷的记忆，贫穷岁月的味觉。

小时候曾听说过这么一个民间故事，乾隆皇帝下江南时，在极其饥饿的旅途中，一个村夫做了一道叫"翡翠白玉"的菜让他填饥，他觉得味道鲜美异常。回到宫中以后，老是让御厨做这道"翡翠白玉"，御厨费尽心机，也不能满足皇上的要求。待侍臣千方百计找到那位村夫才发现，"翡翠白玉"乃江南人家日常所做的菠菜豆腐汤，乾隆将信将疑，感叹："怎么宫中的什么东西都没有味道！"

乾隆的感慨是今天很多人都会有的。我们发现很多风味小吃、地方特产都变得没有记忆中那么好吃，常常感叹制作工艺的失传、原料的不地道，很少去想我们的口味变了，我们现在是在"宫中"，不是在村野的童年岁月和饥饿的日子里。我们的口味变了，菠菜豆腐便不再是"翡翠白玉"了。人的味觉离不开生存处境，我们的下一代，在甜水中泡大，他们还会不会有我们这种对童年食品的美好记忆和眷恋？

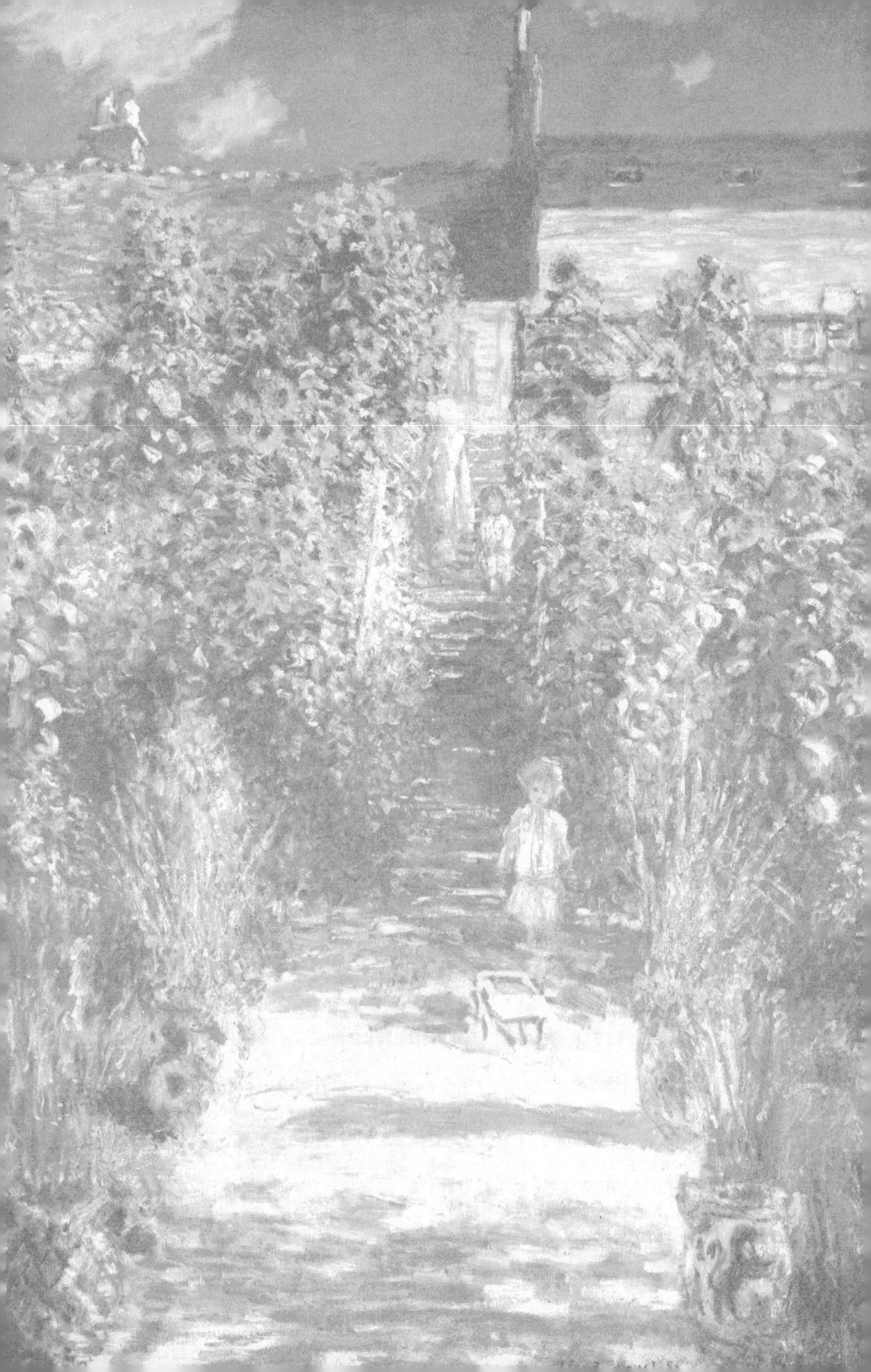

苦味

小时候常听的一句话，至今不忘：旧社会比黄连还苦，新社会比蜂蜜还甜。这是"文化大革命"忆苦思甜时最流行的词，妇孺皆知，比今天那些最流行的广告词还要流行。现在看来，这句话挺有意思，它朴素的话语里面折射了很多时代内容。今天的小学生听了这比喻一定会不以为然：蜂蜜并不是最甜的，比蜂蜜甜的还有蜂王浆、蜂皇精，而且，甜食对健康也不利。可见时代的前进伴随着那些可爱的流行语的消失。

黄连到底有多苦，我始终没尝过，对它的敬畏之心，至今犹存。可对苦的恐惧却消失了，甚至爱吃带苦味的食品，爱喝苦味酽酽的饮料。这对我少年养成的偏爱甜食的胃口实在是一个大大的悖逆。

第一次品出苦的味道来是在十多年前，当时在北京开会，到一个朋友家里做客，这位朋友以新潮著称，他拿出当时很少见的雀巢咖啡招待我们，并要让我们喝正宗的雀巢风味，在咖啡中没有加任何东西。同去的连连称赞这听从外国带回的咖啡味道地道。我从未喝过这么苦的液体，尝了一口，发现这"清咖"的味道比中药还可怕。为怕别人瞧不起我这个外省人没见过世面，我也跟在后面人云亦云地叫好，并咕噜咕噜地喝了一大口，像喝中药似的勇敢，也像喝啤酒似的豪放。现在想来真脸红，当时在座的人并没有发出笑声，我从内心里感激他们。

由于这次出了洋相，我回家后就努力要尝出清咖啡的味道，专门买了雀巢，不像过去那样加糖加奶加伴侣，而是要喝出苦的真谛来。或许是久炼成钢的缘故吧，我慢慢习惯了清咖的怪味，品出了那浓烈的香味，喜欢在写作时喝它，既清心又提神，它成为我写作时不可缺少的"伴侣"。只是后来我因长期写作患有神经衰弱，晚上不轻易饮用。

或许是有咖啡的苦垫底，我第一次吃苦瓜时一点也没有感到意外，更没有龇牙咧嘴叫苦不迭。我暗暗喜欢这种江浙沪地区少见的蔬菜，出差到外地下餐馆，有苦瓜必点。这几年南京的菜场也有苦瓜卖了，只要见到，必买。而且苦瓜的做法也多种多样，清炒、炖汤、凉拌，可做主菜，也可配菜。其中有一两样做法居然让四川的厨师也感到惊讶。清香的苦瓜，在炎热的夏季真是一道绝妙的好菜。

还有一种茶也是苦的，它叫苦丁。苦丁是贵州高原上的一种野生植物，用它制作的茶汤色橙黄，苦而不涩，解暑去腻，我很爱喝，第一次在贵州喝过以后，就买了一大盒回南京，慢慢地喝。

东风大院的"年"

千秋月

在我上小学之前家就从道里安和街搬到东风街21号,大院里面有一个小二层楼和一趟平房,平房住三家,我家在最里面,我在这里度过了童年、少年和青年时代。

大院共十几户人家,大人们差不多都在一个单位上班,所以,院里的人自然比别处的相熟、亲近些。

大院有个门洞,一对漆黑的铁大门把守着,关上门,院里就是个小集体,小单位,一家人。七十年代,各个院里兴起名,有叫"红旗大院"的,有叫"红卫大院"的……我们院的大人们一合计,咱们住东风街,索性就叫"东风大院"吧。

东风大院里春夏秋冬都有故事,而最热闹的当属过年了。

过年的气氛从小年开始逐渐进入高潮。阴历二十三,各家忙着洗衣服、打扫卫生，天棚和房子四角的蜘蛛网都清理干净，地板用蜡打得锃亮，贴窗花、做灯笼，换上新的窗帘、门帘、年画。我妈手巧，年年在窗帘门帘上绣各种各样的花草、动物、风景画，过年时到我家串门的人们总要羡慕地夸上几句。

收拾完卫生就开始准备年货了。

蒸包子、蒸馒头、包饺子、杀鸡、煮肉……热腾腾的蒸汽像白雾一般从门缝里窜出来，汇集在院里。各家门前的拌棚上面也摆满了一盖帘一盖帘的面食。冰天雪地的，很快就冻住了，装在面袋放在棚子里，棚子里还有冻梨、冻柿子、冻苹果，等等，想吃的时候顺手拿出来就是了，过年的时候就可以放松地休息，放松地玩耍了。

除夕这天，大人们早早起来把院里打扫干净，然后带上各家齐钱买的两瓶白酒去看锅炉房师傅，一年了，感谢师傅们的辛苦，另一个暗喻大过年的，请给好好烧烧。拿到酒的师傅们笑逐颜开，烧起锅炉来浑身是劲，那几天热得屋里只能穿衬衣。

孩子们则赶紧拿出来面盆，到棚子里取出来冻水果缓上。

到了下午，各家各户开始准备年夜饭了，平时舍不得吃的肉和豆油都端到厨房备着，煮、炸、熘、炖、炒，敞开的门飘香四溢。我父亲不知什么时候从五七干校学会炸黄豆，炸出来的黄豆撒上点儿盐，又香又脆，回味无穷。他做的第一道菜往往是这个，他要大量地做，然后让我各家都送一盘子尝尝，我回来也不空手，盘子里总要带回来邻居家做好的东西。

年夜饭少不了炖鸡、炖肘子、熘肉段、拌凉菜、花生米、炒鸡蛋和香肠等熟食,端上农村老家送过来的黏豆包,再启开白酒、啤酒或者色酒,一家人其乐融融地开始"造"了。

那年月没有电视,吃完饭大约也就是晚上八九点钟,大人们收拾残余,孩子们急忙穿上新棉袄,拿起自家做的灯笼,揣上小鞭,招呼小伙伴们一同到院里玩耍。鞭炮不多,也舍不得买,更不用说礼花了。跟随大人到街上放的"二踢脚"就是最响亮的炮了,"砰—砰",二踢脚窜向天空,第二声在空中炸开,人们都仰着头看着,绷开的红纸像天女散花一样撒了下来,落在地上、落在身上,人们把一年的期望都在这爆竹声中放飞。

邻居晋叔家有亲戚在北京，年年给捎过来礼花，全大院的人不管多忙，午夜前都来到院子里，看晋叔一家放礼花。我一生第一次看到五彩缤纷的礼花就是晋叔家里的，有拎在手里带捻的小礼花，有点燃了带着火花到处乱窜吓得我们躲跑的爆竹，有在空中打着旋的礼花……礼花映照着一双双好奇的眼睛，映照着满天星星，映照着各家各户的门窗。晋叔家的礼花曾经给我们大院带来很多快乐。看完礼花就午夜了，回家给老人拜年，欢欢喜喜接过来"压岁钱"，大人们在自家门前再放上一串串爆竹，寓意辞旧迎新，再煮点儿饺子吃，才可以睡觉。第二天，孩子们早早就被家长轰起来，吃口饭就到各家拜年。

过年最常做的事是揣着米或者沙子做的小口袋，或者带着收藏的糖纸到小伙伴家串门，进屋先拿出糖纸，互相炫耀一下，在交换些各自没有的，然后就坐在地上玩嘎拉哈。

我还经常去邻居崔姥姥家。崔姥姥断文识字，常在炕上戴着老花镜看古书，我去了也上炕，和她对着坐，听她讲书里面的故事。崔姥姥对我后来爱好文学起到了启蒙的作用。

若是院里晋辉她小姨从道外来串门，我们会放下一切，等着小姨吃完饭就一窝蜂地钻到她家。小姨是故事大王，她常带来拆针织制品的外活儿，我们就坐在板凳上，一边帮小姨干活儿，一边听她讲故事，"一只绣花鞋""无头女尸"……小姨的"鬼"故事源源不断。

过年也有沮丧的时候。

有一年，我叔给我家送了个猪头，父亲用了半天的时候燎去细毛，然后放到棚子里准备二月二吃，结果三十晚上被偷走了，同时被偷的还有奶奶挂在院里的、农村老太太样式的藏青色新衣裤。紧挨我家的崔叔家连续两天发现棚子上的木条也少了。大院里开了紧急会议，决定成立保卫组，晚上各家大人轮流值夜，守株待兔，白天由院里的红卫兵和红小兵们到大铁门那儿站岗放哨。男孩子找出木枪，我爸给我做了红缨枪。院里大哥哥和大姐姐们给我们分成小组，轮流值白班。

那段时间院里气氛非常紧张，每天由指定的红小兵到各家通知进院的"口令"，大铁门和上面的小铁门都紧紧地插上，我们各执武器守着进出的小门，口令不对不让进。

这场闹剧直到三月一日学校开学，大铁门也就没有坚守了。

再听爆竹声，就是又一年了。

三四十年过去了，东风大院原地址早就盖上了大楼。东风大院的人有的已经作古，有的远在他国，有的即便在一个城市联系的也少了，但每每想到"东风大院"，想到那些人和事，嘴角就不由自主地挂上微笑，东风大院的"年"和东风大院的故事随着岁月的流逝，越来越远。

岁酒一杯迎新春

黄元琪

某年,我在湖北十堰亲戚家过年。在武当山下的某个村落,我看到一位穿着厚布棉袄的阿婆坐在自家门口卖酒。木板桌上放了一排陶酒坛,封口的酒坛口上覆了一层土,用红布扎紧。酒坛正面写着几个字:"古法炮制屠苏酒"。

诗中,"屠苏"两字频繁出现于古人关于新春的笔墨下。在宋代陆游的《除夜雪》中,他缓缓描绘出一幅辞旧迎新的画面:

北风吹雪四更初,嘉瑞天教及岁除。半盏屠苏犹未举,灯前小草写桃符。

那半杯还未入口的屠苏酒是什么来历?眼前阿婆卖的屠苏酒难道从诗词中入了凡世?我问阿婆这酒是怎么酿制的,她指了指家中院子里的一口老井说:"前几日按方子去中药铺子将大黄、蜀椒、桔梗、桂心、白术、乌头等药材抓回来，用纱布包裹缝好后放在井里浸。今天早上拿出来，把药包和酒一起煮沸了倒进酒坛子。快过年了，你带一瓶回去吧，这酒得在大年初一喝。"

岁时饮用屠苏酒的习俗在唐宋时期广为流传。从现实需求的角度来看，冬春更迭时气候寒冷，病毒冒头，人的抵抗力较差，是最容易染上时疫的时候。屠苏酒的确有预防疾病的作用。然而正如另一种节酒——雄黄酒中含有的雄黄是矿物类药物，不可多饮一样，屠苏酒中的乌头类药物也需要谨慎服用，所以屠苏酒没被当作家常酒饮用，而是在特定的日子作为一杯年酒登场。

在当今新年的觥筹交错中，大家的杯中美酒多为助兴的佐餐酒。人们享受着美酒入口后醇厚悠长的余味，品味阖家团聚的快

乐。若家人端来一杯带有自然草药气息的保健岁酒，带着一份对来年身体安康的祝福请你喝下，应该会更有仪式感吧！

文人笔下的饮屠苏酒，还带着一份对岁月流逝、韶华不再的感叹。

古代过年时，屠苏酒的饮用礼仪是从年纪最小的人喝起，年纪最长者最后喝。苏辙在《除日》中无奈感伤："年年最后饮屠苏，不觉年来七十余。"苏辙，沉静内敛，曾担任过大宋的副宰相，后来的经历和哥哥苏轼相似，经历了官场失意，颠沛流离地一路被贬。他一生都在保护与支持兄长苏轼，两人的兄弟情深令人感动不已。苏辙的生命终止于73岁，从诗中他岁末饮屠苏的岁数来看，此刻的他已经快走到生命的终点了，跌宕起伏的一生即将结束。他与兄长苏轼有个感人的约定——同葬一处。苏辙认为，唯有同穴，方能守住少时"安知风雨夜，复此对床眠"的信约。

宋代陆游的"饮罢屠苏酒，真为八十翁"、魏了翁的"一年一度屠苏酒。老我惊多又"等诗句都借一杯屠苏酒感叹人生时光的荏苒。一杯屠苏酒更像一座记录时光的钟，提醒着人们要珍惜岁月。

腊味中的年序更迭

孙晓明

过了小雪节气,制作腌菜和腊肉就排上了日程。中国腊味分布之广,基本可以说万物皆可"腊",鸡鸭鱼肉都可以;腊味也可称为年味,寒冬腊月,腊制食物代表着年序更迭。

独有的柏木枝烟熏味道,透明晶莹、油光发亮的质感,曾有纪录片记录了皇木腊肉的制作。四川雅安皇木镇独特的地理环境和气候条件,加上盐、花椒、楠木烟熏,时间造就了腊肉这色香味俱佳的美味。而在横断山区东部邛崃山的嘉绒藏寨,盐、香料、火塘与独特的香料、井盐、柏枝、果皮合作,制作的腊肉、猪膘肉存放时间可达数十年,最为知名美味。如何使鲜肉保存得更久一点,是人类从史前时代就开始钻研的大课题,横断山区居民虽做法不尽相同,却都是利用了抑制微生物的活性,腌制、脱水,加上食材的本真，添加必要的香料，风味独特悠长。

腊肉的来历，从周朝就有记载，《周礼》《周易》中已有关于"肉脯"和"腊味"的记载。当时，朝廷有专管臣民纳贡肉脯的机构和官吏。在民间，学生也把成束干肉赠给老师作为学费或聘礼，这种干肉称为"束脩"（指10条腊肉）。《论语·述而》中"自行束脩以上，吾未尝无诲焉"这句话的意思，就是拿着10条腊肉送给我的人，我都愿意教导他们。宋代以后腊肉成为宫廷贡品和老百姓春节餐桌上不可或缺的美味佳肴，所以民间有"北方吃饺子，南方吃腊肉"一说。

据有关资料记载，在春秋战国之前，湖南是扬越人居住的地区。在长沙的战国墓中，出土了牛、羊、猪、鸡的遗骸，还出土有肉脯（即今日之腊肉），这说明腊肉是当时人们的一种主要副食品。如今烟熏腊肉已成为湖南饮食习俗中的一大特色，享负盛名。

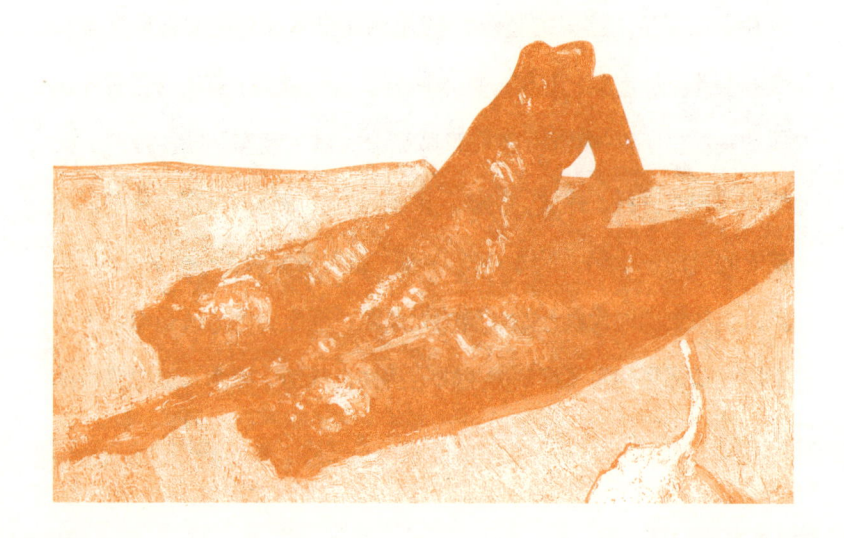

另有史料记载:"越人风干(肉)而后熏。"除上面所提到的畜牧和采集品等副食外,楚越人也喜欢捕获猎物,如野兔、野猪、野鸡,这些捕猎所得的野味,往往一次性吃不完,需要储存,先人为防止别的动物偷吃,就把肉挂在高处风干。

腊肉是湖南、四川、广东等地的特产,已有几千年的历史,并经湖湘儿女游历中原,而走出三湘四水,美味传播四方。著名作家梁实秋说湖南的腊肉最出名,此言不虚。据记载,早在两千多年前,张鲁称汉宁王,兵败南下走巴中,途经汉中红庙塘时,汉中人就用上等的楚地(湖南)腊肉招待过他。

加工制作腊肉的传统习惯不仅久远,而且普遍。每逢冬腊月,即"小雪"至"立春"前,不少人家杀猪宰羊,除留够过年用的鲜肉外,其余用食盐,配以一定比例的花椒、大茴、八角、桂皮、丁香等香料,腌入缸中。半月后,用棕叶绳索穿挂起来,滴干水,进行加工制作。选用柏树枝、甘蔗皮、椿树皮或柴草火慢慢熏烤,或挂于烧柴火的灶头顶上,或吊于烧柴火的烤火炉上空,利用烟火慢慢熏干。

味道的历史给予我们的启示,关注的核心一直是香味、健康和美味,味道传递着审美情趣,是保持一个民族、个体的形制和心态的标志物。

善品阁的"文人菜"

余 庆

午后,一道时间之弧,我接到最熟悉的陌生电话,听到久违的声音,一席畅聊,几度哽咽。

流年成一瞬,受恩公邀请,与一群洒脱之志游于艺的老同事,在西蜀廊桥"善品阁"共进晚餐。幽眠初足,想到那些年受他恩惠,带来的那份快乐和自信,感激涕零,溢于言表。

忆陈年往事,温一壶时光。我学识鄙陋,势不相及,命运如此又何苦相逼?因人废言蒙蔽了双眼而摘去自尊,只想笃定前行离开家乡。其间,形魂交融,怀揣梦想独闯蓉城,孤注一掷换来一秒钟的缘分,荡然无虑近三十余载。

恩公姓梁,字崇模,是我的伯乐。他古道热肠,深情厚谊,以最好的姿态给我的人生加了个跋,简约替代繁复,以特殊人才引进方式将我带到四川有线电视台。自此，浮生成过往，不知黄河之水哪里来，却有"安得倚天剑抽宝剑"的机遇，不再是脾性使然。

那时，我是一位心智成熟较晚的"半截子"学子，数载苦索，东趋西走，乃至埋下头去，不敢轻予启衅。唯有倾听，其言志在高山流水，总算觅得龚自珍"万人丛中一握手，使我衣袖三年香"的惬意。若是没有他的帮助，人生多半要减色许多。

昔时之事，亦有所忌，依稀记得离开家乡时，家人嘱咐搅得我有点思绪不宁。进而猜测，是自贡人仗义执言的秉性与成都人牙尖舌怪的特点，使之不得不筑好"篱笆"，以求洁身自好。

我经历过一个接一个春风沉醉的日子，无论在总编室担任舞美设计，还是策划四川有线电视购物频道，案牍之劳被清新的空气滋润着，为志向随风起舞，就怕一滴残墨渗进清水，有谁会在乎混浊的水质？尽管如此，防患于未然也深觉其妙，彻夜在锦城艺术宫，为大型电视文艺晚会"蜀汉文化之春"制景添彩，反而忘了清冷的滋味。纵然有点窘迫、有点自卑，但风光背后的那些"冷日子"也太充实了。

子时，我熬夜加班后，骑着自行车与洒水车一路同行，消失在晨曦的水雾中，却忽然觉得，有即空，空即有，也是一种修炼。虽从不计较同事的聒噪，不操心于万千琐事，但忘我的工作态度，竟然痴迷到如此地步。

时过境迁，秋日无言却有了一点诗意，记得那种朴素坦荡的生命力，支撑我走到今天。

夕阳西下时分，我来到门庭气派的善品阁，带着欢愉的心情，拖着疲惫的身躯，优哉游哉成了这儿最闲的人。见此情景，像是扔进池塘的一颗石子，顷刻间在平静的水面激起了层层涟漪。正如梁实秋说过的那句话："人在有闲的时候，才最像是一个人。"

古人云："闲人自有清闲趣，静读乾坤无字书。"而我，已然喜心翻倒，不安分地践行"体制内是狗，体制外是狼"的理念，直是处心积虑，清怨多少悲咽。

真是日月如梭，青春已溜得不见踪影。当我再一次搀扶着精神矍铄的恩公，走进颇具民国风情的西蜀廊桥9幢，喃喃话语一直在重复……此刻，平和宽厚、神采奕奕的他，如老友般勾肩说笑，依然保持乐观开朗的心态，并饶有兴致地揶揄打趣我。世事芜杂，一时怔忡落寞；承蒙恩泽，久之难以忘怀。

他的鬓角剪得适中，儒雅的外表一点都不像是个耄耋老人。作为四川有线电视发展的奠基人，叱咤风云数十年，其人生激昂悲壮，几乎带有一种潮涌之势，为聚势成都，赋能四川功莫大焉矣。

老话不重提，随着他的步履深入画境，庭院中一石孤出，折射出一片秋日的晴光。在轩阁里，一步一景浸染了浓淡相宜的清凉。

窗明几净的雅舍，布局疏落有致，陈设极其讲究，也是名不虚传。寥寥数语，眼见耳听倒不以为然，凭栏相望，居然藏着烟雨小江南的风雅和诗意。

我用手扶着他的肩膀，抿着嘴小声说道：善品阁是一家"会桃李之芳园，序天伦之乐事"的高档餐厅……然，身临其境，不过如此。犹如禅的意境与闲梦相逢，仿若置身于袅袅香薰的一方清居，飞在青云端。他小心翼翼剥出一片又薄又甜的"宫廷桃片糕"，慢慢放入口中，又呷口茶，轻轻絮叨："博古清赏闲自在，幽旷淡远亦见过。"

停留院中，溅溅涧水浅，落花香满衣，让心性安稳明澈。一众如约而至的大学教授、影视导演、广告人和媒体人，与恩公一起烹茶啜茗，共叙幽情。我不免怯怯看了一眼曾经朝夕相处，因

圈层同质而聚的老朋友。彼一时，其乐融融已修饰了以前的轮廓，才能悦己，也甚好。

一落言诠，意于琐屑，似乎有所感悟。携岁月和自己论道，畅聊"从有线到无限"的血缘关系，皆有淡泊洗净尘肠的坦然。倘若再聊那些清赏清味的喜悦，除情去欲，气神相结就是一个笑话。

味事无谓，清雅为要。可能是触景生情，心灵所寄的出世情怀，是那样值得怜惜、感激和尊敬。而我，一个论美食征服世界的"老饕"，长时间散漫于事外的"好吃客"，好比"拼死吃河豚"的精神，明知鱼含有剧毒，味道又实在太美，宁可不要命也要去品尝水陆之珍。

其因，这是成都第一家长江河鲜主题酒楼，不是经营煎、炒、烹、炸的川菜，而是以炖、焖、烧、煨为主的淮扬菜。它是中国饮食"四大菜系"的翘楚，早于春秋，兴于隋唐，盛于明清，素有"东南第一佳味、天下之至美"的声誉。

心有所往，我笑意未减，在美食的加持之下依序坐着。恩公俭德辟难，时时处处有慈悲之气、和善之气。他精心安排的松鼠鳜鱼、大煮干丝、梁溪脆鳝、软兜长鱼、三套鸭、水晶肴肉等菜品，形态精致，滋味醇和。酒过三巡，情绪开始升温了，快乐完全雷同，只有浅酌不亦说乎。

我久闻淮扬"三宝"的大名，摇身一变成了蓉城餐桌上的新宠。河豚、鲥鱼、刀鱼，无骨无刺，肉质极为细嫩。还有，刹那间绽放的绝世美味，蟹粉狮子头肉香醇厚，香煎鳕鱼咸甜滑嫩，银芽鸡丝开味爽口。好在这些美食吃起来口感极好，令所有珍馐黯然失色。

朱颜鹤发的恩公，对汤汁鲜美的长江河豚有独到见解：汁浓柔嫩似乳溢，唇齿莹润如堆脂。还真应验了那句老话，"食得一口河豚肉，从此不闻天下鱼"。

方才极力追忆，兴起饮酒作书，是对逝去年华最真挚的情感。于是乎，迟钝的感官有了敏锐的声音。我曾是一只翅膀受伤的小鸟，修修补补一直躲藏在他的羽翼下。我端起酒杯，让服务员把酒瓶拿过来，再将恩公酒杯里斟满，升腾起由衷的敬意。

人只有不被世间繁杂所迷，才能做到淡若如初。我不胜酒力，搅出的动静有了助兴的功能。其实不然，一转身珍卉含葩，一席宴舌尖萦绕。非一般的礼遇，三五知己千杯少；非一般的美馔，挥洒一腔山珍宝。

善品阁是一方膳食之地，烹制技术炉火纯青，亦有小隐之欢。今儿品尝河豚，早已不是鲁迅笔下的往昔，"岁暮何堪再惆怅，且持卮酒食河豚"都翻篇儿了。哈哈！美食佳肴，已然超脱于河豚体内的毒素，至形梦寐，以润泽如玉示人，就像自个儿独闯蓉城的窘况，遇到不顺嘴一噘，腮帮子一挺，像阿 Q 神情一样，似河豚充了气的肚子一鼓一撑，有所思又有所期。

日移月动，适安吾心，便是四季轮回的光景。王明阳有言："天下无心外之物，万事万物都是人内心的投射。"这番话说来响亮，一递一声言语去，洒脱之情寄于闲；一德一心天所祐，定知清福得心源。

暌违逾数载，我顽固地守着一些记忆、一些理智。气畅怀舒，在推杯换盏中，恩公和大家合影留念，映出了不知有多少欢声笑语是生活的余闲，以增福分。

吃喝是"雅活儿"，好食善饮是生存方法论的哲学。梦亦如此，花开花落年复年；盈虚有数，谈笑间执壶备觞。不到一支烟的工夫，深觉其话有理。我与大家载懂载笑，感受"文人菜"精于肴馔的雅号，理应如此。

俗话说："世间百事，事在人为。"说笑一阵，颂文至此，恰巧与恩公相遇相知，因义而生，愿为义而舍生。只道寻常，善缘为终。

唯愿一餐食烟火……我是一个受过恩惠，随性自在，不滞于物，更重于静观内省的"明白人"。

曹雪芹的春节

静 嘉

在一个冬日午后来到北京西山的黄叶村，没能与在清晨离开的敦敏、敦诚兄弟相遇。昨夜的围炉夜话，如一幅动人心魄的长卷在眼前徐徐铺展：这天是腊月廿三，一张掉了漆的方桌旁，几人围坐，年长的是曹雪芹；次年长的是老仆人曹祥；对面两位，眉目清秀，谈吐不凡，正是敦敏、敦诚。一锅羊肉"咕嘟咕嘟"沸腾着，满屋飘香，还有几样家常小菜，爽口下饭。饭菜出自曹公的爱妻芳卿之手，她微皱眉头，起身依次给大家斟满酒，很快这一坛子女儿红见了底。她心里明白，今晚就算是过年了，大家能聚在一起，真是老天有情有义。她也懂得，曹公喝多了，但清醒着呢，说的每句话都力重千钧，像是遗言，在心头上一烫一烫的。

老仆人曹祥话不多，都揣在心里。每年春节前他都会跑来拜访主人，见他的日子过得一年不如一年，忧心忡忡。腊八那天，他送来做八宝粥的食材，看到曹公揭不开锅的困境，心里急煎如火。受曹公委托，一天他到琉璃厂翠锦斋书局变卖全套《全唐诗》，淘换点碎银子好过年，没想到偶遇敦氏兄弟，套书被原路送回。随后敦敏、敦诚两兄弟风尘仆仆地从城里赶来，送来一只剥好皮的肥羊、两坛女儿红酒以及十两银子。

"天意啊，真是天意！"酒过三巡，曹雪芹红光满面，不禁仰天长啸，热泪长流。敦敏拍拍他的后背，深情地说道："过去的事就不提了，今天喝个一醉方休！"

几百年后，当我捧读曹公所著《红楼梦》，看到"一夜人声嘈

杂,语笑喧阗,爆竹起火,络绎不绝",竟湿了眼眶。多少次,我变身小书童,在西山那个漏风撒气的破屋里,听雨打瓦沿,看曹公埋头著书;多少次,我在院子外面那棵杏树下徘徊,逝去的场景仿佛重现,耳畔响着稀稀拉拉的鞭炮声,令人无限惆怅。

儿时的记忆里,鞭炮是过年的号角,是团圆的封面。我对鞭炮的亲近源自父亲。那时父亲是仓库保管员,在单位负责土产杂品进货。每年春节前厂里门头房的商店都售卖鞭炮,滴滴金、蹿天猴、摔炮、呲花,还有大筒子烟花、成挂的鞭炮,等等,哪款便宜哪款卖得最快。那时候鞭炮大都卖给了熟人或老客户,算是一种近水楼台的福利。父亲总会事先自掏腰包买出来一部分,除了给表哥准备的过年礼物,剩余的都送给了家里孩子多且生活困难的同事们。歇班那天,他骑上大飞轮自行车直奔姑姑的单位,给表哥送鞭炮,或者直接放在传达室走人。当我跳着脚嚷嚷着要和同学放鞭炮时,父亲答道:"这是男孩子玩儿的,女孩子不掺和。"但是,每到小年、除夕,他会带着我到单元楼下,像变戏法似的变出一些五颜六色的鞭炮,照例先放上一挂上千头的红皮鞭炮,好像千树万树红花怒放,引得很多邻居跑出来围观。然后,父亲托着我的胳膊放滴滴金,不断挥舞着胳膊转圈圈,一边说离远点儿,一边指着说:快看,开了,开了!那璀璨如虹的场景历历在目,缤纷、刺眼、光亮如昼,就像昨天刚刚发生过一样。袄袖、发梢、手套、帽子上留有淡淡的火药味，也是挥之不去的浓浓年味。

有多热闹，就有多孤寂；有多响亮，就有多沉默。曹雪芹最深谙这个道理。人世间最残酷的事情，莫过于从繁华滑向衰落，从富贵坠入穷困，他亲身经历过，亲自品尝过，又落个"举家食粥酒常赊"，所以才会在小说里不惜动用两万余字书写宁国府和荣国府如何过年，"香烟缭绕，花彩缤纷，处处灯光相映，时时细乐声喧"，他写出了过年的礼、器、祭、戏，也道出了中国人的家族伦理和荣辱兴衰。对贾母来说，满心欢喜看着"多多的人吃饭"，这不啻于"团圆"二字的最好注脚。《红楼梦》第五十三回中有个极容易被一掠而过的小人物——黑山村田庄的佃农庄头乌进孝，他来给贾府送年货，贾珍正忙碌于过年要开宗祠祭祖、除夕夜宴、礼物收送应酬等事，忽然有人通报："黑山村的乌庄头来了。"贾珍道："这个老砍头的，今儿才来。"一句"老砍头"，把老庄头的老奸巨猾刻画得入木三分。后面贾珍又说道："今年你这老货又来打擂台来了。"所谓"打擂台"，即耍花招之意。乌庄主为自己开脱：田租年礼交得晚，是因为那年天气不给力，三月下雨，一直下到八月，九月又赶上碗大的冰雹，连人带房并牲口粮食，打伤了上千上万的。这次来的路上遇到大雪，四五尺深的雪，忽暖忽化，非常难走，走了一个月零两日。

抛开那些奢华而烦琐的过年仪式不说，曹公还写到一张田庄交租的账单："大鹿三十只，獐子五十只，狍子五十只，暹猪二十个，汤猪二十个，龙猪二十个，野猪二十个，家腊猪二十个，野羊二十个，青羊二十个，家汤羊二十个，家风羊二十个，鲟鳇鱼二个，各色杂鱼二百斤，活鸡、鸭、鹅各二百只……"灾荒年景下的田地缴租，尚且如此蔚为壮观，何况丰收之年的年货，令普通人不敢想象。小小账单，一头连着苦不堪言的田庄农户，一头连着贾府过年的盛大华筵，是狂欢，抑或家族离散的预兆。

有钱没钱，都要过年，过年就是要处处讲究，过年就是要彼此走动，过年就是要把内心深处积攒的酸甜苦辣咸一股脑儿地释放出来，曹公也不例外。他起笔是悲悯，落笔还是悲悯——他之所以不厌其烦地记录账目，细致入微地勾勒富贵如云的奢靡场景，在于因失去而体味的珍重、因衰败而产生的忏悔。因此，"爆竹起火，络绎不绝"乃是最后的那一声声震颤耳膜的爆竹声，火花飞溅，照亮心灵，承载着一位读书人的不灭理想。

又是一年春节到。远在国外的表哥一定还记得过去那些年父亲送去的鞭炮，以及他心仪的各种摔炮，那是他向小伙伴炫耀的宝贝。而父亲举着我的胳膊放滴滴金的场景，在我的眼前轮番回放，让我感觉就像回到了快乐的童年，回到了他宽广的怀抱，那么真实，又那么遥不可及。

手炉知暖

陆明华

冬日夜晚回到家中,把手放在温暖的铜手炉上,望着炉中一缕淡蓝的轻烟袅袅而出,自有一番优雅的惬意和情趣。

"纵使诗家寒到骨,阳春腕底已生姿。"手炉暖身暖心,是古代文人墨客的掌中宝。唐代大诗人白居易,在《岁除夜对酒》中说:"醉依香枕坐,慵傍暖炉眠。"《红楼梦》里的贾宝玉,每到冬天上学堂就随身带一个手炉,平添了几许暖意和清雅。

古代的冬天,更为寒冷和难熬。作为冬天暖手的手炉,是古代宫廷和民间普遍的取暖工具。它小巧精致、方便携带,可捧在手上,亦可拢进袖内,所以又名"捧炉""袖炉"。炉内装有炭火,故也称"火笼"。它随手可提,多为铜制。

记得小时候,冬天的农村冷得要命,家里的孩子就把母亲做饭烧过炉火后的木炭,一块块用铁筷子夹到手炉里,立即热了起来,放在脚边或者桌子边上,暖暖手、暖暖脚,倒是一种奢侈了。那木炭火燃在手炉里,红火火的,让那时在煤油灯下读书写作业的冬夜有了一份温暖和温馨。手炉会先送到奶奶的房间,奶奶总是象征性地烤一下手,说暖和了,让我们赶紧拿走。当时总是学习到很晚,奶奶的心疼都传递在这个她用了很多年的家传手炉上。整个冬天的每一天,手炉在家里每一个人的手上转一圈,传递着温暖,也传递着亲情和爱。

成年工作后，我曾收藏了一款鎏金雕花铜手炉。此器高18厘米，阔31厘米，器身呈椭圆形，宽口、深腹、平底；两肩以钉接连长方小铜片，以连接活把提梁。此器器身提梁带鎏金，盖亦呈椭圆形，盖面隆起，镂雕纹饰。下半部分图案是海水，上半部分图案是花卉纹饰。盖面主题花卉纹饰均有鎏金。这件手炉，根据其工艺和纹饰分析，应属于明清文人案上用具。明清手炉具有赏玩的特性，工艺讲究，雕琢精细，器型丰富，纹饰多样，当时多为达官贵人所用。

古人将火种放进陶器具内，称为"火炉"。大家围坐取暖，在古诗文中常有描写。手炉是由火炉（火盆）演化而来的。"绿蚁新醅酒，红泥小火炉。"白居易诗中的小火炉应是陶质，所谓"红泥"是也。手炉的来历，据说与隋炀帝还有关联。相传隋代，隋炀帝南巡到江南，时值深秋，天气寒冷；当地官员为讨隋炀帝欢心，就让匠人做了一只小铜炉，内置火炭，献给隋炀帝取暖。他十分高兴，捧在手上，称之为"手炉"。手炉在明清时最为盛行，清代之后逐渐衰落。

溯源至此，我对古人的手炉意境竟生羡慕之情。试想：彼时室外大雪纷飞，室内虽无空调暖气，但众人边围炉取暖，边饮酒赋诗，实为人生快事也。

请用一场雪款待我

汤世杰

在冬天,没有比下一场鹅毛大雪,更有趣、更好玩、更美妙的事情了。一个没有下雪的冬天是枯燥的、寂寥得乏味的。难怪保罗·策兰会说:"你可以用雪款待我。"

我的诗人朋友邹昆凌写过一首诗《下雪是大事》。说得多好啊,冬天,下雪是大事。这个冬天,我早就在等一场银白的纷纷扬扬,等着那雪的梦幻之舞。雪是什么?是长了翅膀的水,玲珑,精致,其行款款有致,带着一种形容不出来的优雅与深情。雪的翅膀不同于鸟。无论大雁还是麻雀,鸟都是凭着两只翅膀,上下扑扇,方成千里之行。雪特聪明,干脆把自己整个儿都变成了翅膀,看上去似乎摇摇晃晃,把那场严肃的高空飞行变成了游戏,其实它深思熟虑,飞行得稳稳当当,不然,怎么会有"冰雪聪明"一

说呢？那智慧源于水的渴望。智慧从来都源于渴望。水已渴望了许久，它一直在低处流，俯身于大地低处时间太长太长，偶尔也会渴望跃上高空万里长天，看看它走过的山山岭岭，看看江河畔的住户人家。

比如在西陵峡，在南津关，在古战场夷陵（今宜昌），在李白吟唱"渡远荆门外，来从楚国游"的荆门山下，那些贴或没贴着福字、米字的农家窗棂，那些屋顶烟囱飘出来的或浓郁或稀疏在雪的背景上显出一缕缕清雅幽兰的炊烟，那些与屈原的《离骚》《橘颂》有些血脉渊源的挂了果或还没挂果的橙子林。水看见过那些人家的窗棂、炊烟和橙子林的倒影，有时清晰，有时模糊，总是不大真切。它想清醒明白地看到它走过的世界，而倒影毕竟只是倒影。

在那之前，水尝试过结成霜。那当然也是水的一种美丽变身，够轻盈，够精致，只是不能挪动，行迹难远，只能就近趴在某片庄稼地里、某片屋瓦上、某个窗台上，一动不动，直到晨光初临，融化成水。霜的最好结局，是走进诗人词家的诗词里，成为"停车坐爱枫林晚，霜叶红于二月花"，或是"鸡声茅店月，人迹板桥霜"，成为张继的"月落乌啼霜满天"，哪怕是李白想象的"床前明月光，疑是地上霜"也不赖。那就史上留名了。

但霜常常会被诗人词家赋予另一种非其所愿的转意，用以言说青春已逝、人生迟暮的惨淡与失落："羌管悠悠霜满地，人不寐，将军白发征夫泪。""渐霜风凄紧,关河冷落,残照当楼。""如今憔悴,风鬟霜鬓,怕见夜间出去。"那让霜有点扫兴——那是你们自己的烦恼,何须拿我霜说事?但没办法,他们就那样说了,吟了,还说得、吟得津津有味,霜能怎么着?

水的另一种形态选择是结成冰。如果霜是一种细碎且并不板结的冰,真正的冰则是一种更坚硬、更坚挺、更紧致的选择。有时它甚至是锋利的,锐不可当。那样的选择必须预先做好准备,下定决心——作为冰,可能结在江河湖海,也可能结在高山峻岭。南方的江河湖海不会结冰。作为北方江河湖海里的冰,大约也就一个冬季。

到初春开凌,江河里有如千军万马行过,挤挤攘攘,喊声大作。结在海拔很高的崇山峻岭上的冰,则会成为冰川、冰河,有些甚至千年不化、万年不变。在梅里雪山明永恰冰川,我曾踏着透出绿光的巨大冰川,领会那种千万年近乎永恒的冻结。它沉默着,如死去一般,其实它还活着,活得生机勃勃。变化一直在暗暗发生,偶尔一声清脆的崩响,会让人立即意识到那里随时可能发生巨大的冰川涌动。

如此看来,成为一片雪是一滴水最为浪漫的选择。它比霜轻盈、洒脱,成为一个自带翅膀的飞行器,又比冰柔软、丰盈,无须经受千万年的冻结。雪的一次飞升和降落,估计也就几小时,一两天就可以完成。一滴水在这样一次旅行般的变身中，体验到的是从滴水到片雪的万般美好。

人也一样。一场纷纷扬扬的大雪，是现代人期待的相遇。日子总是在忙忙碌碌中度过，内心却一直在期待着一种轻盈、一种飞扬、一种释放自己内心压力的解脱。而一场纷纷扬扬的大雪，正好符合他们那点渴求。

那也是我内心的渴求。回乡两年多，头一个冬天一直说要下雪，却一直没下。第二个冬天又盼雪，有一天突然预报次日有大雪，至少是中雪。我高兴坏了，做好了去那场纷纷扬扬的雪里疯跑一下、重温儿时快乐的准备。儿时，每下大雪，父母高兴不高兴，我不知道，反正我是高兴的。早上去上学，吱呀一声推开木板门——哇，在残夜依然的黑色背景下，漫天皆白，雪花在天大亮前的熹微里闪闪烁烁。早起卖烤红薯的街边摊，那个圆滚滚的烤炉口上，红光流溢，薯香飘飞。我和妹妹一人两分钱，先去买烤红薯。我们只要小些的红薯，那样能买好几个，显得多些，揣几个在衣兜里，手里捏着一个，就出发上学。路上早就有了深深浅浅的脚印，我们不沿那些脚印走，专挑铺得完好丰厚的地方去，留下我们自己的脚印。

真正渴望经受一场大雪款待的，是大地。"瑞雪兆丰年"是先贤总结出来的，是对那个希望最古老的表达。按照现代的观念，一场大雪还是对消除各种疫病的最好助力。如此，一场纷纷扬扬的大雪，恰恰是对大地和大地万物最好的洁净与滋润。

但直到现在，雪还没有下下来。这时，如诗人邹昆凌所说，"我只有在书里，看日瓦戈医生／在列车停下时铲雪，当时／他的心情很美，但那阵／大雁已像书法，在呼唤春天了"。那时候，下一场春雪会不会太晚了呢？对于我这样的归人，不如读读"昔我往矣，杨柳依依。今我来思，雨雪霏霏"，也许更为解渴。或者就近读读做过夷陵县令的欧阳修写于夷陵的诗句："雪消门外千山绿，花发江边二月晴。"那说的正是一场夷陵的雪。

吟罢抬起头来，我还是在期待着，期待着一场雪的款待。

桑干河畔的情思

生命是什么呢？是力气，是长生不灭的存在，它是信念，是灵魂。灵魂不死。

草戒指

铁 凝

初夏的一天,受日本友人邀请,去他家做客,并欣赏他的夫人为我表演的茶道。

这位友人名叫池泽实芳,是国内一所大学的外籍教师。我说的他家,实际是他们夫妇在中国的临时寓所——大学里的专家楼。

因为不在自己的本土,茶道不免因陋就简,宾主都跪坐在一领草席上。一只电炉代替着茶道的炉具,其他器皿也属七拼八凑。但池泽夫人的表演却是虔诚的,所有程序都一丝不苟。听池泽先生介绍,他的夫人在日本曾专门研习过茶道,对此有着独到的心得。加上她那高髻和盛装,平和宁静的姿容,顿时将我带进一个异邦独有的意境之中。那是一种祛除了杂念的瞬间专注吧,在这专注里顿悟越发嘈杂的人类气息中那稀少的质朴和空灵。我学着主人的姿态跪坐在草席上，细品杯中碧绿的香茗，想起曾经读过一篇比较中国茶文化与日本茶道的文字。那文章说，日本的茶道与中国的饮茶方式相比，更多了些拘谨和抑制，比如客人应随时牢记着礼貌，要不断称赞"好茶！好茶！"，因此而少了茶与人之间那真正潇洒、自由的融合。不似中国，从文人士大夫的伴茶清谈，到平头百姓大碗茶的畅饮，可抒怀，亦可恣肆。显然，这篇文字对日本的茶道是多了些挑剔的。

或许我因受了这文字的影响，跪坐得久了便也觉出些疲沓。是眼前一簇狗尾巴草又活泼了我的思绪，它被女主人插在一只青花瓷笔筒里。

我猜想，这狗尾巴草或许是鲜花的替代物，茶道大约是少不了鲜花的。但我又深知在我们这座城市寻找鲜花的艰难。问过女主人，她说是的，是她发现了校园里这些疯长的草，这些草便登上了大雅之堂。

一簇狗尾巴草为茶道增添了几分清新的野趣，我的心思便不再拘泥于我跪坐的姿态和茶道的表演了，草把我引向了广阔的冀中平原……

要是你不曾在夏日的冀中平原上走过，你怎么能看见大道边、垄沟旁那些随风摇曳的狗尾巴草呢？

要是你曾经在夏日的冀中平原上走过，谁能保证你就会看见大道边、垄沟旁那些随风摇曳的狗尾巴草呢?

狗尾巴草,茎纤细、坚挺,叶修长,它们散漫无序地长在夏秋两季,毛茸茸的圆柱形花絮活像狗尾。那时太阳那么亮,垄沟里的水那么清,狗尾巴草在阳光下快乐地与浇地的女孩子嬉戏——摇起花穗扫她们的小腿。那些女孩子不理会草的骚扰,因为她们正揪下这草穗,编结成兔子和小狗,兔子和小狗都摇晃着毛茸茸的耳朵和尾巴。也有掐掉草穗单拿草茎编戒指的,那扁细的戒指戴在手上虽不明显,但心儿开始闪烁了。

初长成的少女不再理会这狗尾巴草,她们也编戒指,拿麦秆。麦收过后,遍地都是这耀眼的麦秆,麦秆的正道是被当地人用来编草帽辫儿的。常说"一顶草帽三丈三",说的即是缝制一顶草帽所需草帽辫儿的长度。

那时的乡村,各式的会议真多。姑娘们总是这些会议热烈的响应者,或许只有会议才是她们自由交际的好去处。那机会,村里的男青年自然也不愿错过,姑娘们刻意打扮过自己,胳肢窝里夹着一束束金黄的麦秆。但她们大都不是匆匆赶制草帽辫儿,在众目睽睽之下,她们编制的便是这草戒指,麦秆在手上跳跃,手下花样翻新:菱形花结的,畚字花结的,扭结而成的"雕"花……编完,套上手指,把手伸出来,或互相夸奖,或互相贬低。这伸出去的手,这夸奖,这贬低,也许只为着对不远处那些男青年的提醒。于是无缘无故的笑声响起来，引出主持会议者的大声呵斥。但笑声总会再起的，因为姑娘们手上总有翻新的花样，不远处总有蹲着站着的男青年。

那麦秆编就的戒指，便是少女身上唯一的饰物了。但那一双双不拾闲的粗手，却因了这草戒指，变得秀气而有灵性，释放出女性的温馨。

戴戒指，每个民族自有其详尽、细致的规则吧。但千变万化，总离不开与婚姻的关联。唯有这草戒指，任凭少女们随心所欲地佩戴。无人在乎那戴法犯了哪一条禁忌，比如闺中女子把戒指戴成了已婚状，已婚的将戒指戴成了求婚状什么的，这里是个戒指的自由王国。会散了，你还会看见一个个草圈儿在黄土地上跳跃——一根草呗。

少女们更大了，大到了出嫁的岁数。只待这时，她们才丢下这麦秆、这草帽辫儿、这戒指，收拾起心思，想着如何同送彩礼的男方"嚼清"——讨价还价。冀中的日子并不丰腴，那看来缺少风度的"嚼清"就显得格外重要。她们会为彩礼中缺少两斤毛线而在炕上打滚儿，倘若此时不要下那毛线，婚后当男人操持起一家的日子，还会有买线的闲钱吗？她们会为彩礼中短了一双皮鞋而号啕，倘若此时不要下那鞋，当婚后她们自己做了母亲，还会生出为自己买鞋的打算吗？于是她们就在声声"嚼清"中变作了新娘，于是那新娘很快就敢于赤裸着上身站在街口喊男人吃饭了。她们露出那被太阳晒得黑红的臂膀，也露出那从未晒过太阳的雪白的胸脯。

那草戒指便在她们手上永远地消失了，她们的手中已有新的活计，比如婴儿的兜肚，比如男人的大鞋底子……

她们的男人，随了社会的变革，或许会生出变革自己生活的热望；他们当中，靠了智慧和力气终有所获者也越来越多。日子渐渐地好起来，他们不再是当初那连毛线和皮鞋都险些拿不出手的新郎官，他们甚至有能力给乡间的妻子买一枚金戒指。他们听首饰店的营业员讲着18K、24K什么的，于是乡间的妻子们也懂得了18K、24K什么的。只有她们那突然就长成了的女儿们，仍旧不厌其烦地重复母亲从前的游戏。夏日来临，在垄沟旁，在树荫里，在麦场上，她们依然用麦秆、用狗尾巴草编戒指：菱形花结的，畚字花结的，还有那扭结而成的"雕"花。她们依然愿意当着男人的面伸出一只戴着草戒指的手。

却原来，草是可以代替真金的，真金实在代替不了草。精密天平可以称出一只真金戒指的分量，哪里又有能够称出草戒指真正分量的衡具呢？

却原来，延续着女孩子丝丝真心的并不是黄金，而是草。

在池泽夫人的茶道中，我越发觉出眼前这束狗尾巴草的可贵了。难道它不可以替代茶道中的鲜花吗？它替代着鲜花，你只觉得眼前的一切更神圣，因为这世上实在没有一种东西来替代草了。

一定是全世界的女人都看重了草吧，草才不可被替代了。

壁画

冯骥才

画室一角,一直挂着一幅壁画。古老、优雅、沉静、斑驳,有一种历尽沧桑的美。半个多世纪来,我多次迁居,画室随之易地,这幅壁画却从不更换,牢牢占我画室之一角,何故?

画中二位天女,太美!丰腴脸儿,面容如花,华衣锦带,仪态万方。一女拈花,一女举扇,亭亭玉立于一片缥缈的彩云中。她们高耸的发式、细眉、小口,以及手中灿然一朵的牡丹,皆唐人之崇尚。它来自哪个地方、哪个庙宇或寺观?

它纵四尺,宽尺半,显然是一幅巨大壁画的局部,而且分明是从某处庙宇寺观破坏性地割取下来的。

上世纪三四十年代,中国古老的寺观庙宇没有任何保护。自从德国人格林威德尔和勒柯克从库木吐喇石窟、美国人华尔纳从敦煌石窟盗割了大量珍贵的壁画之后，刺激了一些欧美人对这些东方稀世之宝的占有欲。于是盗取寺庙壁画成风。许多庙宇和石窟留下了被盗取之后的狼藉之状。据说我这幅壁画，就是上世纪40年代末一个洋人从河西一带盗取的。刚刚弄到手，却赶上解放，运不出去，被倒卖到一个小古董店中。新中国成立后文物不能买卖，后来几经转手，被我遇到。它的古老、优美与珍罕，令我迷醉。为了保护好它，防避虫害，我拆了家中仅有的一个老樟木箱，卸下箱板，改制成一个结实又大气的镜框，把它装好。

　　我不知道它具体出自哪个庙宇或寺观。但从画风看，可以断定是地道的北方的风格；从人物造型、衣饰、内容和画法上看，至晚应是宋代。民间画师绘制壁画大都采用代代相传的粉本。往往

前朝粉本，后世依旧使用。我断代为宋，还因为这幅画上缺少唐代壁画特有的古朴和简练，又与雍容、饱满和谨严的明代壁画全然不同。它更接近宋代的优雅与亲和的气息。

再有，这幅壁画明显经过后世修缮。古代壁画旧了，往往会重修。一般采用两种方法，一种是抹灰重绘，新的壁画就要把老的壁画压在下边，敦煌不少洞窟是抹灰重绘；再有一种是修修补补，重新着色。我这幅壁画属于后一种。可是古代维修壁画重新着色时，常常会把原先的墨线遮盖住一些，使得原先的线条不够完整和清晰，这一点在我这幅壁画上很明显。因此，我怀疑它最早完成的时间可能早于宋，但我不能确定。

带着一些未解和未知信息的古物往往更有魅力。

唐山大地震中，我家房倒屋塌，墙也垮了，壁画被压在一堆巨大的木垞下。令我惊喜的是，虽然玻璃破碎，壁画有一些断裂，却没有压散！这可是一块近千年的粉墙的墙皮啊！如果压碎，无法复原。我小心翼翼把它从废墟中"请"了出来，再找一位心灵手巧的友人协助，将它拼接修复。友人说，左上方缺了一小块，画面有断痕，需要修补吗？我说不需要，历史的事物最好保留下它历史的过程。

昆明的芥川

张承志

1

称呼他芥川当然是我顺手的瞎写。

他本人可能更希望我提及真名？毕竟他和萍水相逢的我，透露了一点或许是难忘的心事。

那已经是 1994 年的事情了——真奇怪，现在不管什么事，动辄就是 30 年。

他是位未曾谋面的日本人，接到他的来信时我还在爱知大学忙着教完最后一段课。哪怕读着来信我也弄不清他那些难懂的头衔，只知他是一个全日本级计算机软件界的头面人物——来信的要旨，是希望我给他们的学会讲一次"游牧文化"。

理工科人士关心哲学或文化，这种事在日本不太罕见。我也曾有过一次去建筑学界讲游牧的经历——就原则上答应了。

这件事在我回国后继续落实。1995年他邀请我去昆明,为日本和中国的计算机软件界的学会,作一个草原游牧生活的随意讲演,只占一次午餐时间,报酬优厚。

而我正准备去云南和贵州两省调查,因为历史上著名的几个地点、大东沟、三家寨、纳家营和安顺我还都没去过。稍一考虑后我便答应了,滇黔连续三年之旅,也由此展开。

讲演的过程非常简单。照例是中国听众有些茫然,个别日本人跑来递名片。

事已完，都愉快，他这才头一次与我对席而坐。算是初识，也像确认，随着闲谈渐渐吐露了些许胸臆。次日我去通海，他们去建水，各自西东之后至今没有再见。

2

那次交谈，开始并没有涉及文学的话题。可能谈得渐渐对味，他便说起原来曾有志于文学，而且从诗到小说，甚至绘画都弄过些。提起时口气轻松，我也是随口敷衍。

不想他说道：我的一部小说，参加了那年的芥川奖评奖。由于一个评委反对的意见，结果没被评上……

我吃了一惊。那就不是闹着玩儿了。他的意思等于告诉我，目前和我挤在宾馆的床边聊着的他，差一点儿就是日本顶级的大作家。我既然是个明白芥川奖是怎么回事的中国人，也就赶紧说：这可是了不得的事噢，那篇小说我也想读。

几个月以后，我收到了一个邮件，他寄来了一共七份资料。但是最关键的一篇，即曾入围芥川奖的《没有夜晚的下午》（夜のない午後）——是刻钢板油印的，字迹是很小的一种誊写体，很难辨认。他的"电脑"当然猜到了我会叫苦，所以信中特别写上"读着困难，实在对不起"。

我当时就试了一下。誊写体，字体小，都不是关键。要命的是油印的复印件，字是双影的！看得我眼花缭乱，视力顿时下降了零点几，当然连大意也读不出，只好放弃——这事不赖我。

如上述，此事过去了差一点就30年。

今天，突然我把它翻了出来。以今天的昏花老眼，再对付这双影油印小说：我能成功吗？

寄来的既然是七份，既然除了那要命的小说都是正常的打印件，我且一路读去再说。不想突然在一篇题为《招待》的短篇小说末尾，我瞥见了他写的一个注释。

原来这篇能读的《招待》，和在昆明对我谈到的那篇油印版《没有夜晚的下午》，都是为了去参加评奖写的。他没有说参选的是什么奖，显然不想沾芥川奖的光，但提及了反对他得奖的评委大名。巧得很，那评委不是别人，正是我比较熟悉的堀田善衞。

没准儿在中国是我首先介绍了此公？

在写西班牙的《鲜花的废墟》（2005）和写日本的《敬重与惜别》（2008）两本书里，我都大量引用过堀田善衞的段落。为了借堀田的《方丈记·私记》警告军国主义的煽动者，我不仅啃了一通文语，更忍受了翻译他那种一句一大段的任性句子。

堀田善衞对未来的计算机软件专家的小说的评议是：

"虽然奇异，但却是极其非人的东西"（奇妙ではあるがきわめて非人間的である）。

如今想,"非人间"在字面上,今天没准儿也可以解释成符号论或者虚拟世界?但在当时却是给一个文学青年的死刑判决。

青年居然不动声色。显然他对自己怀着自信,在《招待》的"附记"里他这么表示:

这个故事,与被否定了的《没有夜晚的下午》一起,在作者的计划里,应该能整合成题为"坏了的项链"的一个短篇小说群,而且那样做一点也不会损伤这个故事的独立性。单调的文体、无对象的寓意、极度的省略描写,全都在作者的计算之内。非要从里面读出些什么意味的人,大概是要挨罚的。

3

我不想兜圈子:我无意细说这些油印手写的文稿,也不想让我的读者跟着受累,去琢磨这计算机软件大脑构思的小说含义。他已经有话在先：非要读出意味的人是找挨罚。那么没意味读者又为了什么要去读它呢？为了在集成线路里迷失？为了在"单调的文体、无对象的寓意、极度的省略描写"圈圈里跟着绕？

我只说两句，都是题外话：

一句是"励志"的：人不能服输。年轻人，天生你才必有用。而且，一个伟大的计算机软件专家必须热爱文学，否则他的软件一定很烂。

再一句是关于堀田善衞的。也许，没有别的中国人比我更欣赏他的文笔，欣赏他对西班牙穆斯林文化的钟情，欣赏他对祖国法西斯主义的诅咒与仇恨，欣赏他对中日之间的复杂关系的胸襟披沥。但我也读到——不仅他那些一句一大段的长句，从他的文章里，我确实读到了一种人知名后的骄气与任性。

也可能一瞬的任性，伤害了一个青年的文学梦。但是歪打常会正着，它造就了一个胸怀文学思想、倾听游牧文化的理工科人才——我虽不懂，但他无疑拐了个弯，上了软件界的山顶。

日本民族过于客气，对名家采取集体的恭顺态度。于是造就了作家的任性，包括文笔的不节制。但是说不清——对这种任性，我究竟是羡慕，还是批评。

沁河的水声

李 洱

我常在小说中提到一个叫枋口的地方,那其实就是我的故乡。枋口的意思是说,它是运河的源头。远在秦代,人们就从沁河引水灌溉农田,到了明代,已经有五条运河发源于此。所以,枋口后来被称为五龙口。在我的童年时代,沁河烟波浩渺,即便是在梦中,我也能听见波浪翻滚的声音。我的笔名李洱中的"洱"字,指的就是我时刻都能听见水声,它诉说着我对故乡的赤子深情。

能在这样的地方开始人生之旅,或许是我的幸运。但对我后来的写作来说,我觉得更幸运的是我遇到了一位优秀的语文老师,她名叫田桂兰。迄今为止,她是教我时间最长的老师。我所认识的字,绝大多数是她教会的。应该说,我作品中的每个字里面,都有她付出的心血。在我对少年往事的回忆中,田老师的身影总是会清晰地浮现出来。那时候她新婚不久，留着两根长辫，有着少妇的美丽、聪慧和热忱。她常常把学生们带到沁河岸边上课。现在回想起来，与其说她是在上课，不如说她是在放羊。她讲课时的神态，她因为我调皮捣蛋而生气的样子，她称汉语拼音为"学习生字的拐杖"的比喻，我都还清晰地记得。

我最早的阅读，就是在她引导下对自然的阅读。河岸上盛开的梨花，蒲公英洁白的飞絮，校园里苹果树上的绿叶，院墙之外高耸入云的山峦，天上像羊群那样缓缓飘过的云朵，都是我们的语文课本。我对文字最初的敏感，对世界最初的体认，很多都来自田老师的引导和培育。田老师现在已经退休了，皓发如雪，但每次看到过去的学生，她的双眸都会闪亮如初。在田老师面前，我常常感到自己又回到了童年和少年时代。穿过时光的重重雾霭，我仿佛看到自己还拽着田老师的衣角，在语言的小径上小心翼翼地迈着步子，磕磕绊绊地学着怎样表达对世界的感受。

和许多人不同的是，我上中学时的语文教师正好是我的父亲。不过，虽然父亲是一个语文教师，当初也没有想过要把我培养成一个作家。我上小学的时候，他想让我成为一个画家，为此他还专门请过济源豫剧团里一个画布景的人教我学画。那个男人留着当时少见的长发——用现在的话来说，就是另类。我记得他曾演过革命样板戏《杜鹃山》里的温其久。当时的沁河公路大桥和沁河上的焦枝铁路大桥，是我的主要描摹对象。歪打正着地，学画经历可能对我的形象思维能力的培养起过作用。

记忆中，父亲很注重学生的课外阅读量。每到假期，他总会在黑板上写下一大片阅读书目。在当时，这应该说是个创举。父亲常说，学生的语文学得好，不是在课堂上学好的，而是课外看闲书看出来的。遗憾的是，那时候可供学生看的课外书少得可怜。印象中，父亲对赵树理和老舍推崇备至，认为他们是真正的语言大师。那时候，我家里有一本翻得很烂的《红楼梦》，可我对它一点也不感兴趣。当时，我的本家叔叔李清岩也在学校教书，教的也是语文。从他那里，我看到了《红岩》和《三千里江山》，后来又看到了《第二次握手》。我曾听他讲过《红岩》，他的讲述极为生动，扣人心弦，我听得如痴似醉。现在的中学生，远比我们当时幸运，因为他们可以看到更多、更优秀的作品。而在我的童年和少年时代，一块烤红薯往往就被孩子们当成最好的晚餐。

几年后，我上了大学，当我发表第一篇小说的时候，我知道自己的一生已经交给了文学。对我来说，当我写到那些我喜爱的人物，我的心会与他们一起跳动。在这个时候，别人的幸福往往就成了我的幸福，别人的不幸也成了我的不幸。

两棵树上，一棵树下

刘醒龙

再到簰洲垸，并非一时兴起，而是这些年，心心念念的情结。

出武昌，到嘉鱼，之后去往簰洲垸的路途有很长一段是在长江南岸的大堤上。江面上还是春潮带雨的那种朦胧，离夏季洪水泛滥还有一段时间。在时光的这段缝隙里，那在有水来时惊涛拍岸的滩地上抢种的蔬菜，比起别处按部就班悠然生成的绿肥红瘦，堪可称作俗世日常中的尤物。除了蔬菜，堤内堤外所剩下的就只是树了，各种各样的，一株株，一棵棵，长势煞是迷人。

有百年堤，无百年树。这句话本指长江中游与汉江下游一带平原湿地上的特殊景象。

因为洪灾频发，大堤少不得，老堤倒不得，大树老树只是栽种时的梦想，还没有活够年头，就在洪水中夭折了。1998年夏天的那场大洪水，让多少青枝绿叶停止了梦想，也让不少茁壮的树木在传说中至今不朽。

第一次来到簰洲垸，又次离开簰洲垸时，就曾想过，一定要找时间再来此脚踏实地走一遍。1998年8月下旬，搭乘子弟兵抗洪抢险的冲锋舟，第一次来簰洲垸。一行人个个系着橙色救生衣，说是在簰洲垸看了几个小时，实际上，连一寸土地都没见着。除了几段残存的堤顶和为数不多的树梢，我们想看上一眼的簰洲垸被滔天的洪水彻底淹没。汤汤大水之上的我们，悲壮得连一滴眼泪也不敢流，害怕多添一滴水，连这少数树梢和残存的几段江堤也见不着了。

2021年初夏，第二次到簰洲垸，所见所闻没有一样不是陌生的。因为第一次来时，从长江大堤溃口处涌入的大洪水，将最高的楼房都淹得不见踪影，平地而起的除了浊浪便是浊流，与此刻所见烟火人间，稼穑田野，判若天壤。如此流连，迥然于1998年夏天来过后，太多伤心下的欲走还留。一向狂放不羁的洪水也将凶悍性子收敛起来，哪怕是乘着最大洪峰笔直往东而来，不得不在簰洲垸顶头的大堤前扭转半个身子往西而去时，一改从前的暴虐，反倒以岁月流逝的模样用浪花之上的江鸥点染一段温情。

最能表现这温情的是小镇边上两棵白杨，还有朋友反复告知的那棵杨柳。

说簰洲垸白杨树多，是事实，又不全是事实。整个长江中下

游地区，凡是依靠着长江的村落乡镇，没有不是将种白杨树当成洪荒时节安身立命的最后机会。

1998年8月1日夜里，簰洲垸大堤没能顶住洪魔的肆虐，终于溃口了。后来通过视频看到，惊涛骇浪之中，那个名叫江珊的小女孩死死抱着一株小白杨，硬是从黑夜撑到黎明。当子弟兵来施救时，小女孩还不敢放手，一边号啕大哭，一边说奶奶让她抱着小白杨千万不要松手。奶奶自己却因体力不支，抱不住小白杨，随洪水永远去了天涯。洪荒之下，生命没有任何不同。那比狂飙凶猛百倍的浪潮来袭时，一辆辆正在抢险的重载卡车，顷刻之间成了一枚枚卵石，淹没在浪涛深处。一位铁汉模样的将军，同样得幸抱着一棵小白杨。

23年过去，小镇边上的这两棵白杨树，长得很大了，粗壮的树干拔地而起，那并肩直立的模样，其意义就是一段阻隔洪水的大堤。私下里，簰洲垸人，将一棵白杨称为"将军树"，另一棵白杨称为"江珊树"。

在簰洲垸下游约20里,有个地方叫王家月。1998年8月21日,自己随一个团的军人十万火急地赶到此地,打响"九八抗洪"的收官之战,在水深齐腰的稻田里封堵这一年万里长江大堤上出现的最后一个管涌。险情过后,封堵管涌的几千立方米的大小块石与粗细沙砾,成了平展展田野上的一处高台。

相隔23年,再来时,一场大雨将头一天的暴烈阳光洗得凉飕飕的,田间小路上的泥泞还在,当初都曾舍身跳进洪水的几位同行者,小心翼翼的模样,有点像是步步惊心。在离高台不到50米的地方,自己到底还是站住了。

在高台正中,孤零零长着的一棵小树。

不用问便已知道,不是别的,正是当地朋友业已念叨过许多遍的那棵杨柳。

夏天正在到来,仿佛是被最后一股春风唤醒记忆。发生管涌的那天正午,爱人下班时将电话打到我的手机上。就在那棵杨柳生长的位置,对着手机,我没有说自己正在管涌抢险现场,只说一切都好!1998年夏天人们听到"管涌"二字,宛若2020年春天世人对"新冠"的谈虎色变。我对爱人说一切都好时,站在深水中的几位战士用一种奇怪的眼神看过来!那天午后两点,险情基本解除后,与大批满身泥水的军人一道蹲在乡间小路上,痛痛快快地吃了几大碗炊事班做的饭菜。管涌现场仍有大批军人在进行加固作业，另有三三两两的当地人拎着各式各样的器物，在给子弟兵们送茶送水。想着这些，心中忽地一闪念，那时候自己不将真相告诉爱人，只对她说一切都好，本是一句平常话，这种自然而然的表述，既是亲人之间相互关爱，也是发自内心的愿景。那时候，在这高台之下的深水里，身处险境的军人，谁人心里不是怀着青青杨柳一样的情愫，牵挂着杨柳丝丝一样的牵挂。

相比于从前，簰洲垸上上下下堤内堤外一切都好了许多，那两棵白杨从风雨飘摇中挺过来，一年一度地长成参天大树。那曾经指望3万年后才风化成沙土的块石沙砾高台，才几年工夫就有杨柳长了出来，虽然只有一棵，却更显风情万种。这样的杨柳能长多少叶子呢？远远看过去，大约几千片吧，这是一种希望，希望小小杨柳用这种方式记住当初参加封堵管涌的几千名子弟兵。

簰洲垸一带，注定没有见证天地玄黄、宇宙洪荒的老树，从东来的长江，由此向西流去，一切见证之事都付与簰洲垸自身。不必等到再过23年，不必等到垒起高台的块石与沙砾变得与周围田野浑然天成时，更不必让小小杨柳和高高白杨都变得像千年国槐那样沧桑时，大江之畔无所不在，大水之中万物天成。如同自己刚转过身，就在想什么时候再来看看簰洲垸，看看簰洲垸的两棵白杨、一棵杨柳。还有这两棵树上，还有这一棵树下，安详天空，锦绣大地！

三角梅阳台

彭 程

一年多来,家里的阳台成了三角梅的天地。

多年间,妻子曾经养过多种花,如今却把别的种类几乎都送人或处理了,专心于侍弄三角梅。阳台上的空间,每天都是繁花似锦,闪耀着众多的色彩。

三角梅学名"光叶子花",别名众多,像"簕杜鹃""九重葛""宝巾花""南美紫茉莉"等。但"三角梅"是最普遍的叫法,想来是因为这个名字准确地概括了花的样貌,好记又好念。每一朵花都有三片叶子状的花瓣,质地很像薄薄的纸片,手指头拈捏上去的感觉很惬意。三片花瓣组成一个三角形,中间挺出三根细长柔弱的花蕊,顶端小米粒一般大小,是与花瓣相同的颜色。

前年冬天在海南的一次小住,让妻子喜爱上了这种在当地随处可见的花卉。住处旁的庭院里，就长着好几棵三角梅树，高大茂盛，树冠完全被团团簇簇的花朵覆盖，颜色各异，极其艳丽，仿佛悬浮在半空中的云霞，衬托着热带的碧蓝天色和耀眼阳光，生机勃勃。她当时就表示，回去后要买这种花来种。

三角梅对阳光和温度要求高，客厅的阳台朝南，最为适宜。喜爱距不知餍足，常常只有一步之遥，妻子也不断地修改养花计划，扩展数量。阳台地面上很快摆满了花盆，就又在护栏扶手上安装了两个铁架，搁放了几盆。后来，又在天花板外缘的窗帘杆轨道上安上挂钩，也悬吊了几盆。一个三层的三角梅立体花园就这样建成了，七八平方米的空间里，共有二十几盆花。

花不少，却没有重样的。耳濡目染久了，我也大略知道了它们的名字。有的来自花的颜色，像"绿樱""雪紫""黑美人""白雪公主"等；有的出自枝条或树桩的形状姿态，像"飘枝""独杆""提根"等；有的则与原产地相关，像"漳红缨""广红缨""云南紫"，就分别产自福建漳州、两广各地和云南高原，而"印度画报""加州黄金""波伊斯玫瑰"等名字，显然是宣告它们有一个域外的身份。

三角梅花期很长，一年四季里，阳台上都是流光溢彩。特别是天气晴朗时，外面是蓝色的晴空，阳光透过整幅落地玻璃照射进来，这时从几米外的地方逆着阳光看过去，花朵和叶子都洁净清爽，闪着光亮，近乎透明的样子。尤其是垂吊下来的几盆，花叶贴在玻璃上，叶脉纹理都清晰可辨，有一种剪纸般的效果，又似乎镶嵌在上面，既悦目又赏心。若把被阳光镀亮的玻璃想象成一池清水，真是有几分疏影清浅的味道。而那些粗细高矮各异的根桩和枝干，则有一种坚实真切的质感。

花长得茁壮茂盛，首先要归功于养花人的用心投入。

妻子以高度的热情来做这件事情。她读花卉种植的书，上网查询有关知识，下单购买小铁铲小铁耙等专业园艺工具，还加入几个养花微信群相互交流。她每天写日志，记录下每一盆花的生长和护理情况。花盆里的腐殖土，也是专门跑到远郊公园挖取的。担心外出几天无法浇水，安装了自动浇花滴水器，可以通过手机远程操控。绿色的窗玻璃过滤了不少阳光，她想换成透光更好的普通白色玻璃，但小区物业不同意，只好另想办法，安装了专门的植物补光灯，时常打开一会儿，补偿光照的不足。

每天早上起床后，来不及洗漱，她先要走到阳台上看花，宣布哪一株新开出几朵花，哪一株长出了几片叶子，哪一根枝条又伸长了一寸，这一棵绿樱看上去真是仙气飘飘，那一棵重瓣怡锦花朵的样子多像绒球，如此等等，从来不缺少话题谈资。她以痴迷于某件事情的人常见的喋喋不休，津津乐道于每一点细微的变化，仿佛别人也同样感兴趣似的。如果不是她提醒，这些差异我是分辨不出的。尤其是有一天,当她看到一株放在角落里、本来以为枯死了的根桩,底部长出一片绿叶时,那种喜出望外的表情,难以形容。

三角梅很常见,尤其在南方地区到处生长,因而也有大量的诗词吟咏。唐诗名篇《春江花月夜》的作者张若虚,有两句诗写形摹状十分精确,让我尤其喜欢:"含蕊红三叶,临风艳一城。"除了个别品种外,三角梅并没有香味,仿佛在证明完美的事物是不存在的。但这一点遗憾,被它色彩多样而浓艳张扬的魅力给弥补了。我记得有一次看足球比赛电视直播,巴西啦啦队的年轻女郎们,头上插满了五彩缤纷的三角梅花朵,配合着热情奔放的加油呼喊声,

吸引了看台上人们的目光。用三角梅作头饰，是巴西女性常见的打扮，这个国度正是三角梅最早的故乡。

每天，阳台的木地板上，都有一些不同颜色的花瓣，有的是被家里的猫给抓挠下来的，多数是干枯后自然飘落的。但夭亡的同时，也总是有新的生长和绽放，因此看上去始终都是那么繁茂，好像不曾变化。

然而，一些善感多思的灵魂，不肯忽略这一类的区别。获得诺贝尔文学奖的川端康成，晚年写过一篇有名的散文《花未眠》。他住在旅馆里，凌晨四点醒来时，看到壁龛花瓶里一枝海棠花正在孤零零地绽放。想到它一年只能开一次花，盛开后不久就会凋零，他的心中不由得生出一缕忧伤。字里行间，是从自然景物中引发出的人生感慨，折射出日本文化中鲜明的"物哀"色彩。

但这篇作品的总体色调还是明朗的。尽管海棠花哀伤、孤独，花期短暂，却仍然昼夜不停地盛放，让他感动于生命力的坚韧，进而引发和表达了关于美的思考，诸如自然的美是无限的，而人感受美的能力是有限的，一生中都要努力培养、反复陶冶，才能增进这种能力。只有一千多字的短文，是他的美学宣言，又仿佛是对自己文学生涯的总结。

像我们这样的普通人，尽管缺少作家的那种敏感细腻，但也不妨从所闻所见中获得一些基本的感发，如他在散文中谈及的"美是亲近所得"。关注越多，系念越深，对于对象之美的感受也就越发真切强烈。欣赏这些花儿时，我的确也感觉愉快，但若想达到妻子那样深切的程度，却是要格外沉浸、时刻念兹在兹。付出和酬报之间，遵循着自己的比例法则。

一天中，她的身影频繁地出现在阳台上。有时拿着剪刀剪枝，有时举起喷壶浇水，有时蹲下去松土或施肥，抚出树根边的枯叶败花，有时踮起脚将头顶上方某一枝斜逸的枝条扶正，再用花艺胶带固定好。更多的时间还是站在旁边，看看这一株，瞅瞅那一棵，观赏自己劳作的成果。为了更好地记录下花卉的美，她还自制了白色背板，为每一株花拍下特写照片。经过这样的处置后，照片上的花朵具有一种别样的美，让人联想到那个源于生活而高于生活的美学命题。

这件事情，已经成为她生活中的一项重要内容、一种真实的情感寄托。作为一个不劳而获的受益者，在这种氛围中浸淫久了，某些时候，我也仿佛体会到了她的心情，获得了一种代入感。

这一天，我又一次读了法国飞行员作家圣－埃克苏佩里的著名童话《小王子》。

童话中，飞行员因飞机故障迫降在撒哈拉大沙漠里，遇到一个来自外星球的小王子。小王子爱上了一朵玫瑰花，而且与一只聪明的狐狸成为朋友。狐狸将自己悟出的生活真理告诉小王子：对一件事物，用心去看才能看得清楚；爱就是责任。他特别强调："你要对你的玫瑰尽责。"

小王子的爱情受到过挫折。他的玫瑰花有一些虚荣，对他谎称自己是宇宙中独一无二的，因此当他看到一座盛开的玫瑰园时，非常伤心。不过，在狐狸的引导下，小王子认识到，他的玫瑰虽然看上去与成千上万朵别的玫瑰类似，但因为他给她盖过罩子遮雨，竖起过屏风挡风，清除过毛毛虫，听过她的埋怨和吹嘘，所以他的那朵玫瑰在世上是唯一的。在这里，重要的一点是：他们建立了关系。

那么，因为与眼前的这些三角梅建立了关系，它们便成了不可替代的。妻子的牵挂和欢喜，也正是从这种联系中生长起来。在公园里和花卉市场上看到的花卉，尽管可能更美，有些还会散发出浓烈或轻淡的香气，观赏时也让人心旷神怡，但与自己养育的花朵相比，毕竟存在着某种感情上的差异。

就像三角梅花开四季一样，期待这一处阳台花园，能够带给我们长久的愉悦和慰藉。

在玉龙喀什河捡玉石

简 默

在新疆,不同的地方,能够捡到形形色色的石头,它们都是大自然亿万年凝固的泪珠。

比如,在玉龙喀什河,就可以捡到玉石。

此时,我正站在玉龙喀什河上。大约一个小时前,我们乘着一辆中巴车,沿着河堤在奔跑,寻找能够下到河上的入口。我们的参照物是河上一拨一拨的人群,为此我们停了一次又一次车,但都没找到入口。河上的人不是静止的原木,是奔腾的浪花,他们低着头,弯着腰,在河上随意地移动,像一群撒欢儿的羊。我们发现以他们为参照物,是多么不靠谱,我们放弃了最初的想法,在快到河堤尽头时停下了车,纷纷钻出车,这儿有一个缺口,却已经拦以一道又一道大拇指粗的铁链,我们一群男女可不管这些,硬是将铁链摇摇晃晃地踩成了铁丝，翻了进去。

我们都是怀揣欲望的人。打有人告诉我们能够在这条河上幸运地捡到和田玉，我们便心痒如一万只蚂蚁在噬咬，对此刻充满了期待。秋天的玉龙喀什河比河床瘦，由于源头昆仑山冲泻下来的水量大减，玉龙喀什河进入了漫长的枯水期，大片大片的河滩裸露了出来。水流走了，却留下了石头，大大小小的，仍在原地，像扎下了根。也的确有扎下根的，比如河滩上那些芦苇和其他叫不出名字的植物，河水瘦身后，一阵风吹来了它们，落入泥土中，萌芽、扎根、生长，待到第二年夏天昆仑山的积雪开始融化，一泻千里地灭它们的顶于水中。河水带不走的东西很多，比如作为容器边沿的岸，也包括游弋水中的芦苇，它已经扎下了根，学会了随波逐流，却不会连根拔起自己，追随着河流的背影滚滚向东。相反，它颀长的身影，以婀娜妖娆的舞姿，与水保持着尽情绽放的缠绵。水涨水落，草荣草枯，年年如此，河流和植物押着季节的韵脚，周而复始地编撰着一条河的编年史。

我说过，我和一些人正站在玉龙喀什河上。的确，我们正站在玉龙喀什河上。河水临岸脱逃了，撂下了荒滩，可谁能否认脚下干涸得泛白的土地不是曾经的河流，还是将要履约汹涌灭顶的河流呢？这样说难道我们不是正站在河上吗？河水自昆仑山间，浩浩荡荡地裹挟着石头和泥沙，凶猛地冲到我们脚下，猝然变得温柔了。这儿开阔平坦,像流动的原野,那些石头被流水的惯性推搡着,趔趔趄趄的一路狂奔到这儿,看见这么大一片眠床似的水域,死活不愿意跟着流水跑了,刹住脚步,沉入水底,酣然大睡。它们中鱼目混珠似的掺杂着玉石,熙攘如过江之鲫的人群,一茬又一茬地来到河上捡着玉石,我们也怀着与他们同样的欲望,踏着他们重重叠叠的脚印来了。河水被两岸赶到了中间,看上去不宽阔,也不湍急,听得见哗哗水声,有些地方水打着旋儿,像是深不可测,昼夜源源不断地流淌。水落石出,乱石穿空,每一块石头大小不同,却仿佛都生着同一张面孔,要想在它们中间找到玉石,约等于大海捞针,需要的不仅是一副好眼神,还得有一个会捡漏儿的好眼力。我弯腰胡乱地扒拉着,一会儿手里就多了几块石头。我清楚它们不是玉石,玉石哪有这么好捡的,但我愿意安慰自己,也欺骗自己,我更愿意将我捡玉石的行动看作一种体验和经历。

几个男人围了上来,他们中有老有少,无一例外地向我们兜售着所谓玉石。他们从身体的各个角落,掏出一块块石头,它们大小、颜色和形状各异,瞧上去温润细腻,摸着沁凉如河水,表面还打着规则的小孔。他们怕我们不相信,探出微型手电筒,迎着光照那些石头,它们在自然光和手电筒光的交相照射下,显得晶莹剔透,我们凡俗的眼睛似乎一刹那洞穿了它们幽闭的内心。那一刻,我差点儿就相信了,蛰伏的欲望又蠢蠢欲动了。我甚至恍觉他们的身体是一条河，漂满了会唱歌的玉石，我们当中有人禁不住诱惑，开始往外掏手机了……

河水看都不看我们，自顾自地哗哗流淌，这是五线谱在大地上的自由歌唱，当中有玉石的叮当，玉石就在河流上，也在河流中间，我们看不见它，它却瞧得见我们，它有一双明察秋毫的眼睛，一眼看穿看透了我们拙劣伪装的贪婪和浅薄，它捉迷藏似的藏在最显而易见的地方，暗暗地正笑话我们呢。我说了你别不信，河上的玉石像天上的星星一样多，只是它们都会隐身术，借助眨巴着眼睛的河水，将自己藏在了月亮和星星背后。

说月亮月亮就爬了上来，在玉龙喀什河上，这是一轮真正的满月，我长这么大，从未看见过这么饱满、丰盈和金黄的月亮。我若有思念地掏出那张桑皮纸，它是我下午在镇上的纸坊买的，我原来想用来给一位远方的朋友写几句问候或祝福的话。我双手捧着它，对着月亮看，星星像小鱼游来游去，月亮是最大的鱼王，它高耸的背鳍，像桅杆昂然挺立，美妙的歌声伴随着千帆冉冉升起……

我攥着一块拳头大小的石头回到车上，这是一块普普通通的石头，粗糙、冰冷、笨拙，其貌不扬，像一个埋在乡音中的土豆。同伴打趣我捡了一大块玉，我听出了他的善意，笑而不语，这是玉龙喀什河上的石头，它来自遥远的昆仑山，隐藏着一座山和一条河的基因密码，镌刻着积雪和冰川的呼吸与体温。对它，我除了致敬，就是欢喜。

王家界访古

熊召政

我的故乡四季分明,每个季节都有自己的神通妙相。就像眼下这时刻,是进入"三九"的第二天,俗话说"三九四九,尖刀不入土",可是眼前的山脉,仍是青葱一片。河流虽然瘦了,但波纹漾处,仍是澄碧。更有妙处,是生于河谷的晨雾,它弥漫着、浮升着。因为它,树木成了烟林,山峦成了烟峦,幻化如仙界,美丽而岑寂。现在,我正穿过烟峦中的烟林,来到了王家界。

楚地的语言,有自己的源流与独特的表达,我们称孤峭的山峰为尖,称幽深的山谷为冲,称山中的坡地为塝,称河边的田畴为畈。若地名中带有界字,不需要解释,楚人都会明白这地方,一定是省县交界处,也是岩角峥嵘之地。从地理上说,王家界正是这样的地方,它既是吴头楚尾之地,又是江淮分脉之处,站在分属鄂皖的英山与岳西两县交界处，仅一步之遥。

英山县名，一得益于王家界内的一座名叫英山尖的山峰。在大别山逶迤的山脉中，带有历史记忆或地理标识意义的孤峭峰头，应该在百座之上，但以尖命名的，大概只有三座。公元前四五世纪，楚国处在强盛的扩张时期，灭掉的大小方国有几百个，其中就有英国、六国。英国就在今天的英山（但比现在的英山的版图要大），六国即今天的六安。在春秋时期，英六连称，都是小方国。英山最早的历史，就要追溯到这个小方国了。县名的第二个来源，就要追溯到英布了。英布是六安人，生于秦而建功于汉。他从小就卓尔不群。往好处说，叫见义勇为；往坏处说，叫横行乡里。由于行侠仗义，抗拒官府的事必不在少数，由此而受到秦制的黥刑（就是刺面），他因此也被人称作黥布。秦始皇修长城，造骊山，在全国选调数十万民工，得黥刑者概莫能免，英布也因此成为北上的民夫。陈胜、吴广在大泽乡揭竿起义后，英布这一批流民也就趁势作乱。传说他此时带着英六流民，到了英山尖结寨抗秦，从而开始了他人生中最为壮丽的十年。

他先从项羽南北征战，结束了暴秦统治，后经高人策反，他又改投刘邦，佐汉击楚，逼得项羽乌江自刎。无论是追随项羽，还是投靠刘邦，英布都战功赫赫。因此，项羽封他为九江王，刘邦封他为淮南王。史有定评的三大名将，他是其中之一，其他两个是韩信、彭越。

狡兔死,走狗烹,当刘邦坐稳了帝座之后,这三大勇将都被那位汉高祖悉数剪除。英布死在番县(即今天的江西鄱阳县),刘邦旨令要将他大卸八块。现在,英布墓一共有三处,六安城中有一处,葬的是头颅;王家界有一处,葬的是身子;殒命之处的鄱阳县还有一处,是一座衣冠冢。

我小时候即听说,英布墓在英山尖下。上世纪 90 年代,王家界村委会在原址上重修了英布墓。我来王家界的第一站,即是来看这座新修的英布墓。

社稷人物,大约分为两种:一种创造历史,一种影响历史。英布显然是后者,相比于他生前的轰轰烈烈,这墓还是显得寒碜。在墓前徘徊,我想到两件事。

一是英布的身子为何葬在这里?鄱阳是他的殉难处,杀他的仇人在那里,显然不能葬其肉身,只能是一个衣冠冢,以志其事;六安是他的出生地,葬其头以示归乡,亦是合理的安排;身子葬在英山尖下,原因只有一个,这里是他揭竿抗秦,啸聚山林之地。古人有诗"壮志未酬身先死",这个身可不敢乱葬,能葬处,一定是他一生中最不可忘怀的地方。

由是,我又想到了第二个问题,英山尖地名的由来,既有古英国之英,也有英布之因,两"英"加持,则成了县名的不二之选。

再就是王家界，这个面积只有 2.75 平方公里的自然村，人口亦不满五百，并没有一家姓王的，那为何要叫王家界呢？原因在英布，他一生有两个王号，一是九江王，二是淮南王。死后身葬于此，于是，后人述其事，便以王家界尊之。王家界，即是拥有双王称号的英布长眠之地。

英山尖与王家界两个地名，揭示了一段已被人们遗忘的历史。

从地形上看，王家界的确是一个高踞山巅的世外桃源。从东河的河谷中上来，几度盘桓，山路抬升，大有"山重水复疑无路，柳暗花明又一村"的感觉。车子从一处被劈开的山崖里钻进去，眼前的景色豁然开朗，地势一下子开阔了，薄雾中的阳光也好像被重新过滤了，显得如此明亮，如此静谧。

英布虽遭横死，但葬身之地还是选得不错。论山水之清幽，这里是一处难得的归隐之地。但在漫长的历史中，它也曾是风云之地。

有几则关于英山尖的历史记述，分录如下：1266 年（南宋时期），罗田三吴乡人（今属英山县）段朝立结寨于英山尖，召聚乡民据险阻止蒙古阿术军进犯蕲黄，宋度宗嘉之。次年，段朝立请割罗田直河乡、三吴乡建英山县，得到宋度宗批准，并委段朝立为首任知事。建县之初，隶属蕲州府，后改属六安州。

段朝立是一位颇有统御才能的乡绅，根据家乡这一片山林僻远，县政无法有法有效管辖的特殊原因，提出从罗田、蕲春两县各划出两乡建设一个新县，宋度宗立刻同意。因为英山尖的原因，新建之县便被朝廷命名为英山县，段朝立也成为英山县的首任知县。

由古英国以及英布的原因，才有了英山尖这个地名。然后，又因为英山尖而诞生了英山县。

再录一则：南明赖以抵御清兵南下，帮助收复失地，特于顺治六年（1649年）令石坡王朱统琦派英山尖寨长张福寰联络蕲黄四十八寨共举抗清义帜。

从抗元到抗清，英山尖都义无反顾地成为前哨阵地。英山县的慷慨悲歌之士，显然都有着岳飞那种"壮志饥餐胡虏肉，笑谈渴饮匈奴血"的烈士情怀。

英山尖有一个石头砌成的山寨，经过元、明、清三代，时有毁弃又时有恢复。民国之后，英山尖山寨也时有红军出没。

到了上世纪50年代，这里才完全倾圮。沿着山脊蜿蜒的小路，走到海拔1080公尺的松楸林中，我看到了残存的石门与城墙，墙外是青石台阶、一条入寨的古道，门内，杂草丛生，连荒径都没有了，松、杉苍绿，杂以密匝匝的灌木，别小瞧这倔强的干枯的灌木，一到春天，一场春雨后，它们都会"满血复活"，为这山坡，喷发出掀天揭地的姹紫嫣红。这灌木，就是被称为"革命之花"的映山红。

有那么一小会儿，我坐在古道的石阶上小憩。正午的阳光真好，我真想躺在干枯的松针上小寐，穿越到古代，去见见英布、段朝立……听他们讲自己的故事。但，我得回去了。

历史中的王家界是厚重的，现实的王家界依然如世外桃源。离开时，我再次眺望刚刚攀登过的英山尖。想象中，当乡村振兴的春风吹来时，这里还会有什么变化。

归来路上，兴不能尽，又吟诗一首："又到王家界，严冬宛若春。江淮分脉处，吴楚路如藤。石蟒青岚卧，英山紫气蒸。淮南王墓在，鸡犬且为邻。"

岳飞的黄鹤楼

刘汉俊

遍数楼上灿烂人物锦绣文章,黄鹤楼是谁的?谁家的黄鹤不复返,谁在楼中吹玉笛,谁人三月下扬州,谁在楼上空悲切?当侧耳听音,捻须思量。

黄鹤楼是唐代诗人崔颢的,"昔人已乘黄鹤去,此地空余黄鹤楼。黄鹤一去不复返,白云千载空悠悠。晴川历历汉阳树,芳草萋萋鹦鹉洲。日暮乡关何处是?烟波江上使人愁"。经典永流传,流传是诗心,诗心一个"愁",愁上黄鹤楼;黄鹤楼是李白的,"诗仙"三上黄鹤楼,极目四眺,豪情万丈,正想题诗,却发现了崔颢的墨宝,沉吟良久,发出感叹,"眼前有景道不得,崔颢题诗在上头",恨不得"一拳捶碎黄鹤楼,一脚踢翻鹦鹉洲",黄鹤楼上搁笔,诗词国里留名;黄鹤楼是孟浩然的,烟花三月,碧空万里,老友李白在此送他下扬州,站位黄鹤楼上,放眼大江东去,想把黄鹤楼作为礼物送予孟公;孟浩然也觉得黄鹤楼是个揖别文友的好诗景,便在这里送好友王迥去江东,曰"昔登江上黄鹤楼,遥爱江中鹦鹉洲",对孟浩然这位湖北人来说,黄鹤楼下伤别离,楚地此物最相贻;黄鹤楼是白居易的,他不是送客而是会客,在接受芦、崔二友的宴请时,感叹道:"江边黄鹤古时楼,劳置华筵待我游。楚思淼茫云水冷,商声清脆管弦秋。白花浪溅头陀寺,红叶林笼鹦鹉洲。总是平生未行处,醉来堪赏醒堪愁。"一个"醉"字,描尽美景,一个"愁"字,道破人心,欲说还休。

　　黄鹤楼还是贾岛的,"青山万古长如旧,黄鹤何年去不归?""定知羽客无因见,空使含情对落晖";黄鹤楼是杜牧的,"黄鹤楼前春水阔,一杯还忆故人无";黄鹤楼是陆游的,"苍龙阙角归何晚,黄鹤楼中醉不知";黄鹤楼是范成大的,"谁将玉笛弄中秋,黄鹤归来识旧游";黄鹤楼是刘禹锡的,"梦觉疑连榻,舟

行忽千里。不见黄鹤楼，寒沙雪相似"；黄鹤楼是王维的，"城下沧浪水，江边黄鹤楼。朱阑将粉堞，江水映悠悠"。

一千个人心中有一千幢楼的模样，但黄鹤楼静立不语，任你诗词歌赋如玑如珠、如披如挂。美文千千首，楼上人人愁。一个"愁"字，贯通长江天际，连通古今文人。

但是，我想说，黄鹤楼不是他们的。

公元 1133 年 10 月，南宋绍兴三年，金朝傀儡刘豫军队攻占南宋的襄阳六州，切断了南宋朝廷通向川陕的交通要道，直接威胁到朝廷对湖南、湖北的统治安全。岳飞接连上书，奏请收复襄阳六州。次年 5 月朝廷正式任命岳飞兼任黄、复二州、汉阳军（湖北汉阳）、德安府（湖北安陆）制置使，岳飞奉命从鄂州统军向北出征，打响第一次北伐战争。由于军纪严明、斗志高昂，指挥有力、运筹得当，岳飞率领的岳家军以锐不可当之势，在三个月内一举收复襄阳六州，保卫了长江中游的安全，打开了川陕与朝廷的交通要道，扼守住南宋朝廷的命门。

襄阳六州大捷，使年仅 32 岁的岳飞被封为武昌郡开国侯，但他并未沉醉于功名利禄，而是念念不忘北伐大业，不断上奏朝廷要求收复中原失地，却屡屡被朝廷拒绝。

一日，悲愤中的岳飞登上满目疮痍的黄鹤楼，北望中原，写下了这样一首词——

满江红·登黄鹤楼有感

遥望中原,荒烟外,许多城郭。想当年、花遮柳护,凤楼龙阁。万岁山前珠翠绕,蓬壶殿里笙歌作。到而今,铁骑满郊畿,风尘恶。

兵安在?膏锋锷。民安在?填沟壑。叹江山如故,千村寥落。何日请缨提锐旅,一鞭直渡清河洛。却归来、再续汉阳游,骑黄鹤。

低吟这首《满江红》,字字皆愁,句句含悲。只有感受到国家遭难的切肤之痛,体恤到百姓疾苦的锥心之伤,才有如此之心忧。愁更愁,愁更重。

千古名楼,万千美文,多是写景状物,发一己之私情幽情悲情,或怅然嗟叹愁思缠绵,唯有岳飞,眼中无楼、心中有愁。文人之愁,愁友愁己愁山水;岳飞之愁,愁国愁民愁天下。这首词同《满江红·怒发冲冠》一样,慷慨悲怆、深切忧思。两首"满江红",一腔爱国情。如果说"怒发冲冠"是仰天长啸、悲愤呐喊,"登黄鹤楼有感"则是蹙眉低吟、怒吼在喉。"何日请缨提锐旅,一鞭直渡清河洛"与"驾长车,踏破贺兰山缺""待从头、收拾旧山河,朝天阙",都是震耳之醒鞭、战马之长啸,一样地忧国忧民,一样地悲壮豪迈,一样地气吞山河。

武昌古城是历史的标点,是岳飞辉煌的基点,也是灾难的起点。岳飞在驻守武昌的七年里,先后被特封为武昌县开国子、武昌郡开国侯、武昌郡开国公,岳元帅的帅府就设在今天黄鹤楼下的武昌司门口。他的四次北伐、挺进中原都是从这里出发。他走向人生之路的终点,也是从这里起步的。

但是,岳飞驻军当地的人民没有忘记这位爱国忠烈、护民战将。公元1163年,即岳飞被害21年之后,宋孝宗赵昚为岳飞平反,武昌的老百姓敲锣打鼓,率先为岳飞建庙;公元1170年,湖北转运司赵彦博上书孝宗皇帝,请求在今武昌大东门外为岳飞建庙,孝宗皇帝亲书"忠烈庙"为匾额,并拨建庙专款;公元1204年,岳飞死后63年,南宋皇帝宋宁宗追复岳飞少保、武胜定国军节度使、武昌郡开国公、赠太师、谥武穆岳飞,追封鄂王。世世代代的湖北老百姓深深地缅怀这位保家卫国的英雄、安抚苍生的恩公,今天武汉市的岳家嘴、忠孝门、岳飞街、报国巷、报国寺、报国庵、洪山岳松等众多纪念地和遗址,还有大量的传说故事,都是人们致敬岳飞、赞美英雄的载体。

敬立岳飞铜像前,基座上,是一行他的手迹:还我河山!黄鹤楼,是岳飞的;岳飞,是人民的。

桑干河畔的情思

桑 农

在一次笔会活动中,巧遇铁道部第十六局的蓝勇达先生。也许是因为那条铁路的缘故,在闲聊中我们感觉彼此很亲切。一晃三十多年过去了,那时我刚上初中,蓝先生风华正茂,他还因公差去过我们那里,聊着聊着,那段难忘的修路往事涌上心头:

那年大秦铁路的修建工作在我们家乡的桑干河畔如火如荼展开。一天,家里来了一对青年夫妇,男的穿着不带徽章的军服,女的梳着长长的辫子,他们抱着孩子,进门后问我母亲:"大婶,家里有空房子吗?我们是来这里修建大秦铁路的,单位没有家属房……"那年二哥在山西当兵,看到他们,母亲感觉就像见到自己的孩子,关切地说:"我们家三间屋子,如果不嫌屋子小,我们住东屋,你们住西屋吧!"说完把他们领进屋子,把新被褥拿出来

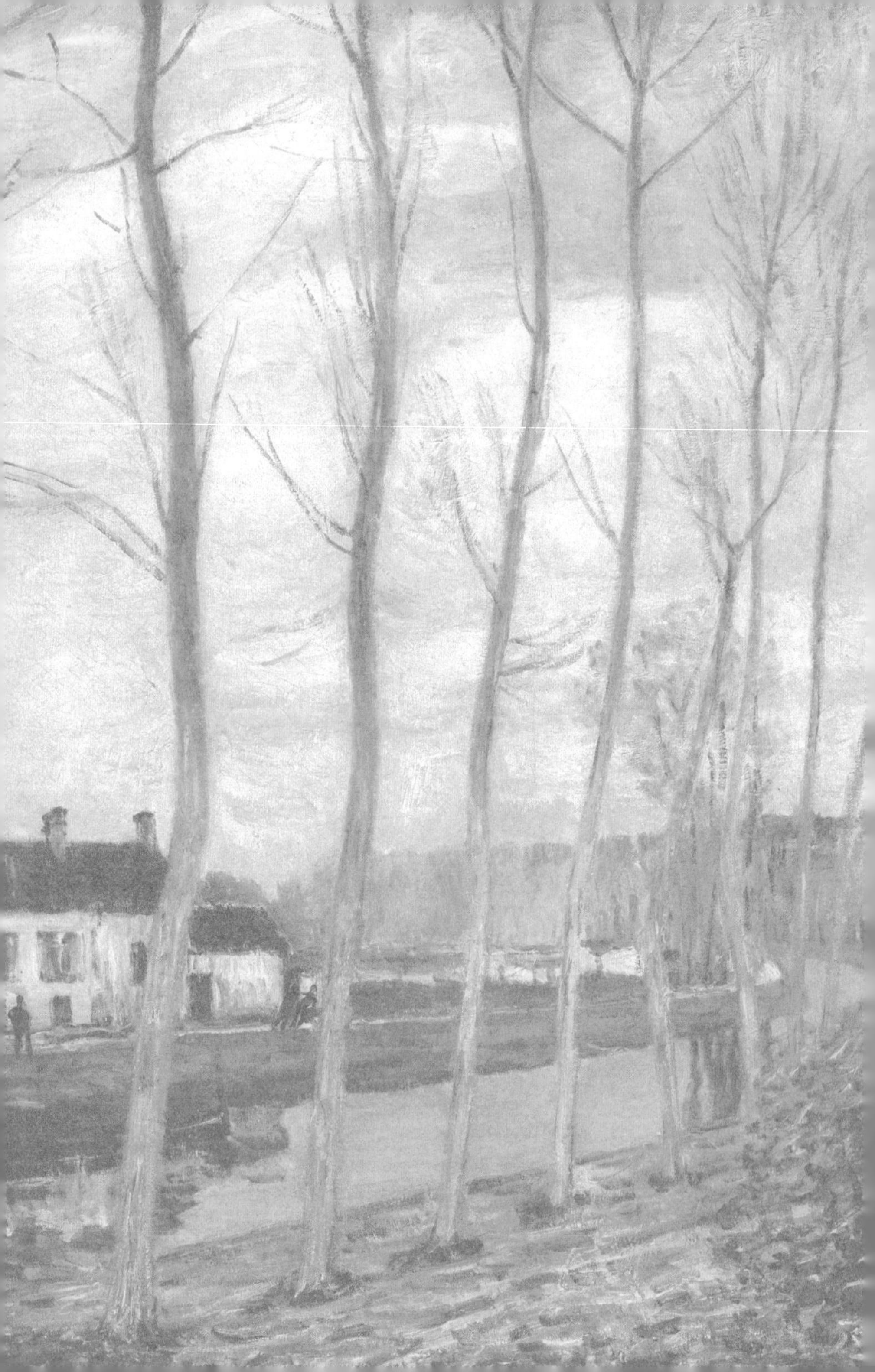

边铺边说:"快把孩子放下,抱着孩子怪累的。"然后母亲和他们一起打扫屋子。我们那里是革命老区,民风淳朴,也没有什么经济观念,至今那里的人也不懂得收取房租什么的。

晚上,父亲对我们说:"今天咱们家来了客人,他们是来修建大秦铁路的,此路是国家的重点建设项目,是国家的大事,照顾好他们的生活就等于为大秦铁路的修建出力,再说他们出门在外很不容易,咱们可不能为难人家啊!"一个月过去了,他们逐渐熟悉了我们家乡的方言和生活习惯,他们称呼我父母大叔大婶,我们兄妹称呼他们哥哥嫂嫂。每次放学回家,我都要带着他们的孩子玩,女孩儿叫英英,刚满三岁,男孩儿叫云云,刚会走路,两个孩子十分可爱,他们姐弟叫我叔叔。农忙时节嫂嫂带着孩子到地里帮忙,有时在家帮母亲打水做饭等。

哥哥在修建大秦铁路的队伍中是司机,他整天早出晚归。那天哥哥开车去了很远的地方,三天后才能回来。一个雷电交加的深夜,英英发烧了,慌乱无主的嫂嫂忽然想到找我父亲帮忙。父亲听说后,背着英英冒着大雨去医院挂急诊、测体温、打点滴……父亲和嫂嫂在医院忙乎到天亮后英英才退烧。有时在放学回家的路上遇到哥哥开车从我身边过,他慢慢停下车看着我笑笑就走了,几次我想坐他的车,可他始终没有表态。我和弟弟特别喜欢他开的那辆绿油油的大解放汽车,多少次想趁他不注意开一把过过瘾，也许他早就看出了我们兄弟的心思，总是把车钥匙看得紧紧的。一天我放学回家，听说哥哥在路上出事儿了，是他的徒弟开车时走了神儿，追了前面大货车的尾，哥哥住院了。从那以后，我才真正懂得车的危险，也懂得了哥哥不让我坐他车和动他车钥匙的根本原因。

高中毕业那年，我当兵离开家乡，三年后听说大秦铁路通车，修路的工人们走了，哥哥和嫂嫂去另一个地方修路，两个孩子回到他们的老家江西省万年县小学读书了。

前年春天，曾经在我们家住过的哥哥嫂嫂已经退休了，英英大学毕业后在万年县一所中学担任英语教师，云云当兵复员后在当地税务局工作了。去年春节前夕，他们从江西回到了阔别三十多年的桑干河畔的西坪村。大秦铁路工程依然雄伟壮观，他们曾经住过的屋子完好如初，但我的母亲已离世九年多了，健在的父亲已经步入八十高龄，他们重新见面后很是高兴。为了能见到他们，我也专程回到了老家，面对当年的哥哥嫂嫂，望着那长长的列车，听着响亮的火车鸣笛，心中的感受真是用言语无法表达，那浓浓的友情和那历历在目的往事，与家乡的桑干河水化作一首永远唱不尽的歌。

我的北大荒岁月

濮存昕

我是 1953 年 7 月生人，1969 年 8 月，初中算是毕业了，31 日离开北京去兵团，被分在了 2 师 15 团，现在那里叫宝泉岭农场。

去兵团不仅是我主动要求的，而且到了热血沸腾的程度。兵团在北京招人的办公室设在灯市口中学。我两岁时患过小儿麻痹症，上小学时曾经有一段时间是拄拐走路的，人称"濮瘸子"。9 岁时我接受了一次整形手术，算是能正常走道了，但我的这条病腿还是比较弱。我跑去报名时，人家知道这孩子腿不好，要检查，让我正步走，还做蹲下和站起的动作。我使劲做得很标准，还写了保证书，最后总算过了关。

连里要找个听话的孩子去放马，我被选中了。后来人家写我的兵团经历时，题目起的是《荒原牧马人》，听上去挺惨的，其实不是那么回事儿。放马在农业连里是好活儿,我特别喜欢。别人天天下地累个贼死,我吹着口琴放马,潇洒啊!我管的那两匹俄罗斯纯种马一个叫苏宛,一个叫阿尔登,浑身的毛像缎子似的发亮,马蹄子有碗口大小。这样的优质种马是连队的宝贝,每匹马都有档案,吃的是鸡蛋、麦芽、胡萝卜。鸡蛋我不敢和马抢享,胡萝卜我是管够造,经常和马对着面啃。养马的工作没有人管,只有检疫员每个星期来看一次马的卫生和健康情况。

我每天就和马做伴,喂食、放牧、清洗都是我的事,我还在连队的黑板报上得到了表扬。白天放马的时候,马吃草,我割草,闲下来还能到水泡子里捞捞鱼,晚上回家糊上面,用油一炸,哥儿几个就着喝点小酒,神仙似的。那时我父亲去了北京市的下属农场,母亲和弟弟去了河南的"五七干校"放猪,姐姐去了内蒙古放马,我们这个艺术之家成了畜牧之家。

放了一年马,变数来了,15团的宣传队要调我去。那是在1972年初。为了活跃知青的生活,兵团组织了不少宣传队。连宣传队是业余的,团宣传队是半专业的,到了师一级宣传队就是准专业的了。

我们15团宣传队分成男演员、女演员和乐队三个班。我是男演员的班长。我们的服务对象一般是兵团连队,有时也到鹤岗煤矿去演出,帮助团里搞好关系,好搞点儿煤烧。那时演京剧也没什么录像资料可以借鉴模仿,就根据看电影的印象来演。我这人善说而不善唱，这个弱点在演样板戏时显出来了。我唱也能唱，但调子一高了就拔不上去了。我们演京剧《沙家浜》的片段时，队里考虑到我的这个情况，决定让我演唱词最少的程书记，就唱四句："病情不重休惦念，心静自然少忧烦。家中有人勤照看，草药一剂保平安。"我唱到"草药一剂"的"一"字时上不去，总需要台边的人帮我唱一嗓子带过去。因为不能唱，队里在排练京剧《海港》片段时，把我发到了后台。我是舞美、电工、木工什么都来，队里的布景、道具、灯光都由我和刘师傅管。我们用纸浆一层层地糊出了港口的桩子，又画天幕灯，做变形阁，描绘海港的蓝天，要是画深了，再往下洗颜色。我们还钉出了方海珍书记办公室的窗户。和下大田的农业连队战士相比，我们过得简直就是贵族的日子，宣传队全脱产，俱乐部烧暖气，一星期洗一次澡，吃饭在团部招待所食堂，那里的烧茄子太好吃了，我们在开饭前半小时就想到食堂排队。

我们宣传队出过一件大事。这事儿要是放在现在就不是事儿。

问题出在京剧《沙家浜》中扮演胡传魁和阿庆嫂的那两个演员身上。本来我们宣传队有禁止谈恋爱的纪律，但这两人不但顶风上，还闹出了"阿庆嫂"怀孕的后果，当时属于严重的生活作风问题。

为解决这件事，2师和15团都派现役军人工作组来队里整风，我们的演出和排练也被停止了。工作组决定对这两个人进行隔离审查，轮班看守，以防串供。有一天上午，"胡传魁"提出要上厕所，看管他的人正在全力以赴地打扑克，让他自己快去快回。时间一长，看守发现情况不对，挨着屋找"胡传魁"，找到行李房时听见里面有动静，敲门也没人开。看守把门上的磨砂玻璃打破一看，"胡传魁"踢翻了脚下的凳子挂在房梁上了！因为上吊用的背带在仓促间没有系好，在看守闯进屋时，他自己从空中摔了下来，绳子勒的那一下太狠，他的喉结已经被勒到了下颚下方，窒息之下，翻了白眼，吐出舌头。在我听说此事跑过来时，就见闻讯而来的"阿庆嫂"哭喊着要进行李房。当时大家要做的只有两件事，

一个是抢救"胡传魁",一个是阻拦"阿庆嫂"。队里有个翻跟头的武生有一些经验,把"胡传魁"的喉结往下一推,终于让他透出了一口气,黑眼球慢慢转了下来,眼睛轻轻地闭上了。

事情闹大了,师里来人宣布:原定召开的批判会取消。团领导第二天还把"胡传魁"和"阿庆嫂"请到家里吃饺子安抚,并安排他们返城回家。后来他俩一起去了"胡传魁"家,把孩子生了出来,两人结了婚。

这件事一出,15团宣传队就被解散了,我们被分散下放到各连宣传队,我先后到过10连、27连和25连,哪里需要哪里去,命令一下,打起背包就出发,有时因为走得仓促,连行李都来不及带上,只好去挤别人的被窝。有一次我睡的是公被,又臭又硬,我一夜都只能用嘴呼吸,让鼻子休假——那味道实在太难忍受了。

我最早产生返城的想法是在1973年。当时已经有人开始动脑筋离开兵团,干部子弟从后门走,没后门的人找理由走,我的心也动了。当年我坚决要离开的北京,此时对我产生了强大引力。我发现自己人去了边疆,心还在北京。扎根边疆的口号再喊起来,连自己都发现不由衷了。

随着时间的推移,建设边疆的使命对我失去了吸引力,走上更高更大的艺术舞台,当一名专业演员,成了我的新梦想。

利用回家探亲的机会,我先后考过济南军区文工团、总政文工团和战友文工团。在战友文工团考试的时候，我看见那些穿着国防绿军装的小孩儿们，简直都要羡慕死了。我考的是朗诵、形体和小品表演。最后，战友文工团决定录取我，起关键作用的是招生股的王伍福，他就是在电影里演朱德的那个特型演员。

回兵团后，我接到了老王寄来的商调函，内容大概是：考生业务通过，请将档案寄来。我拿着这封信忐忑不安地去找领导要档案。站在团政委的办公室门前，我犹豫了。报考部队文工团是我在探亲时做的个人决定，根据我对政委的了解，我能猜到向他交出这封信的结果，我甚至能想象出他黑着脸拒绝我时的口气。既然拒绝是必然的结果，我又何必去碰这个钉子呢？我在楼道里站了很长时间后，最后还是决定放弃要档案了，之前的一切报考努力，全都付之东流。

此时，能够帮助我名正言顺返城的理由，就剩下了一个——我这条病腿。

1976年我开始办理病退手续。医生在检查了我的病情后说：你为什么不早来？以你的情况，返城不就是一个图章的事吗？听到这句话，我的眼泪一下就流了出来。为了来兵团，我曾经极力掩盖这条腿的毛病，而现在为了离开兵团，我又要拿这条病腿说事儿了。我的人生曾那么地真实，又那么地不真实。

1977年1月末，我结束了八年的北大荒生活回到了北京。说老实话，兵团有不少知青很有艺术天赋，要论唱歌跳舞都比我强，只是他们的运气没有我好。我返城不久就赶上了空政话剧团招人，考试时要演小品。我选的题目是《刷马》。眼前空无一物，但我把刷马的动作演活了，考官一眼就看出我有生活。在我穿上了梦寐以求的军装的第一天，我在回家的路上特别希望能碰见熟人，好显摆显摆，可惜啊，一个也没遇着！

我在兵团的收获总结起来就是三个字——承受力。这种能力不仅让我能够面对困难，也能够面对荣誉。返城后我第一年就在空政话剧团入了党，而且年年受嘉奖，但我心若止水，并不觉得怎样。现在我身上背负的名头很多，但让我最看重的是慈善家身份。吃过苦的人，不能忘记有苦处的人。我是全国政协委员，老知青们有什么诉求找到我，只要我觉得有道理，就会作为提案交上去。比如，他们的户籍在北京，养老待遇只能在外地的原工作地点拿，看一次病，路费就把每月退休金耗得差不多了。对国家来说，解决这个问题并不难，但需要有人替这些人发声，我能做多少算多少吧。在兵团八年吃过的苦，让我感到今生再也没有什么苦吃不了。

平遥古城的"少东家"们

孙亮全

2020年9月19日至25日,有2800多年历史的平遥古城,举办了第20届平遥国际摄影大展。大量游客云集于此。

这段时间,永庆魁票号创始人程秀章的第6代孙、26岁的程怡钢和他的"小伙伴们"格外忙碌,每天在直播中带着观众逛景点、转古城。37岁的庞中元则每天在自家的炉食铺中忙碌,这家110年前由在其昌德票号担任二掌柜的曾祖创立、数次歇业的炉食铺,终于在庞中元的手里,从平遥古城开到了北京。

"少东家"的慢生活

对襟马褂,手摇纸扇,酷似演员黄轩,张口即是"永庆魁票号第六代传人"。

这是程怡钢在自媒体视频中的形象，他是平遥古城的第一批"网红"之一。从今年4月在抖音上意外走红后，现在已经有50多万粉丝，单条视频最高点赞量超过160万，播放量超过4000万。程怡钢说，把自己在"程家老院"的慢节奏生活在网上展现，为家乡、为古城做宣传。

程怡钢的父亲程春森说，祖上通过"走西口"以做家具起家，创立了三盛久商号，是平遥县推光漆器的前身，同时做起了染料和绸缎生意，并把生意做到了俄罗斯。同治六年（1868年），累积了钱财的程怡钢先祖程秀章和他的同族、时任日升昌票号第三掌柜的程清泮合资创办了永庆魁票号，做起了金融生意。

出生在平遥古城里的程怡钢，按部就班长大。大学毕业后，他在北京做了两年程序员。编程与他在大学时学习的专业对口，但他不喜欢，去年回到古城自己创业。

"古城需要新鲜血液，需要年轻人。"程怡钢和另外一个返乡的年轻人，一聊如故，他们谋划着搞新媒体。随着新冠肺炎疫情防控形势好转，他们俩又拉了一个来自东北、懂剪辑技术的小伙伴来占城"入伙"，4月份拍出第一条爆款视频后，一发而不可收。程怡钢现在除了做直播、逛古城，偶尔也会带货，推广一些平遥牛肉、陈醋、炉食等当地特产。

"少掌柜"复业炉食铺

十年前,庞中元返回平遥古城时,父亲庞建民有些不高兴。"读了那么多年书,回来干啥,外面混不下去了?"

庞中元还是回来了,他想做油茶,并复开祖上开过的炉食铺。炉食就是用炉子烤制或烧制的各种美食,比如黄酒、牛肉、油茶、中式糕点等各种中式小吃。"100多年前,晋商的掌柜、伙计在这里,烫一壶黄酒,吃着糕点喝着油茶,谈着天下生意。"庞中元说。

"晋升"的初始字号为"晋昇昌"。1910年,庞中元的曾祖、平遥其昌德票号二掌柜梁元指导灶房炒制油茶,受到总号和分号掌柜伙计的好评之后,便效仿日升昌票号隔壁的美和居炉食铺,在平遥古城东大街开了晋昇昌炉食铺,主要制作、经营油茶、油麻花等炉食。

民国元年,其昌德票号歇业,梁元便以经营晋昇昌炉食铺为业,1937年底因日军侵略而被迫歇业,此为第一次歇业。随后梁元一家便返回平遥古城北7里的东刘村。1946年,梁元的儿媳妇王月生以晋昇昌为字号,在东刘村开了家庭小作坊制作、销卖油茶等炉食,此次复业为第二次开业。8年后,炉食铺在"一划三改"的政策下再次歇业。1979年秋,王月生在东刘村再次建起炉食小作坊,晋昇昌第三次复业时,字号改为晋升昌。

王月生的儿子庞建民,在20多岁时,过继到平遥古城里的亲戚庞家,梁建民改名成了庞建民。只有初中文化的庞建民开始磨豆腐、做木匠，包地种菜。"攒点钱买两间房，攒点钱再买两间房，逐渐在古城有了个占地一亩多的院子。"庞建民说。1989年，庞建民将晋升昌炉食铺迁建到平遥古城内继续经营，同年冬季在炉食铺的基础上创立了晋升挂面厂，十年后，他又创建了晋升油茶，随后开始主营油茶产品。

"父亲不太懂品牌运作和市场推广，发展慢慢遇到了瓶颈。我在华南理工大学硕士毕业后，在北京一家管理咨询公司做大区经理，工作内容就是做品牌运作和市场推广，经过反复思考，决定回乡创业，重走晋商路。"庞中元说。

2014年，晋升炉食铺第四次开张后，庞中元把传统的山西炉食文化和潮流元素相结合，竟成了国内外游客在平遥的打卡店。"外国游客非常多，开始准备了咖啡，谁知道他们要茶、要黄酒。"庞中元说，他的晋升炉食铺现在一年接待20万人。晋升炉食铺和油茶也成了山西省的非遗和三晋老字号。

2018年，庞中元又在北京国贸开张了晋升炉食铺的升级门店"君子曰·中国茶酒馆"。"想找回中国人的社交空间，打造东方的星巴克。"庞中元说，他想让老字号、非遗文化，走出平遥，走向世界。

晋商已成往事，但晋商创造的商业文化仍有不少值得今人弘扬，晋商的后人们仍在祖先的土地上生活。程怡钢和庞中元们所做的，就是追寻先人足迹，试着续写前辈的故事。

1997年平遥古城申请世界文化遗产成功,古城内破败的院落不断被修缮,钱庄、票号旧址成为人们观光打卡的地方,旅游业有声有色,去年旅游人次达到1700万人,实际游客四五百万人。

鼓浪屿：袖珍小岛的世界气质

黄 薇

2017年7月8日，在波兰克拉科夫举行的第41届联合国教科文组织世界遗产委员会会议上，厦门鼓浪屿被正式列入世界遗产名录。

郑成功屯兵鼓浪屿

这个仅有1.88平方公里的袖珍小岛，名字来自小岛西部一块中空的大岩石，日久天长被冲出一孔洞，惊涛拍岸时声若鼓鸣。

小岛东南端覆鼎岩上，矗立着一尊醒目的郑成功巨型石雕，按剑挺立，面朝台海，堪称小岛新地标。

1644年，大明王朝走到穷途末路，郑成功带着一支部队退守金门。鼓浪屿日光岩有一处"龙头山寨遗址"，便是当年郑成功在山上屯兵扎寨之所，现存一座石砌寨门。鼓浪屿现归属厦门思明区，"思明"之名来自郑成功，厦门大学还留存有他曾练兵的演武场、演武亭。

鼓浪屿的发展，在郑氏家族与清王朝的争战结束后中断。清朝对海洋和民众的控制，不比明朝宽松多少，鼓浪屿活力无存。

洋人引入新鲜事物

1841年8月26日，一支由36艘战舰与运兵船、2500余名士兵组成的英国舰队，直扑厦门湾，顿时炮声震天动地。鼓浪屿上的炮台虽设有大炮，但基本没有杀伤力，只能用于报警。某些说法称鼓浪屿守军奋起抵抗，炮击英国军舰，其实只是鸣炮警报。1842年《南京条约》签订，割地赔款，厦门是五口通商的口岸之一。1845年清廷付清赔款后，英军才全部撤出鼓浪屿，武力占据达5年。

英国人喜欢这里，称它是厦门周围许多小岛中"最有兴趣的一个"、"是厦门的钥匙"。除了风景优美，英国人麦克华森《在华两年记》中写道，鼓浪屿岛民"对欧洲人的风俗习惯比广州商人更加熟悉。他们能够列举东印度群岛的物产和讲述许多地方的政府，如数家珍……"。这种见识让初次登岛的英国人大吃一惊。

这种地理人文环境，使得英美等国的商人来厦门开洋行、办工厂，却大都把住宅设在鼓浪屿。洋人的到来，从医疗、教育、生活方式、社会风尚等方方面面，重塑了小岛的面貌与气质。

最早的先驱者是一批传教士。1842年2月，美国归正教会的传教士雅裨理，第一个登陆鼓浪屿。为了打开局面，雅裨理邀请友人甘明医生在鼓浪屿开办诊所，这是西方现代医疗进入厦门之始。岛上出现真正现代意义上的医院，是1897年由传教士郁约翰创办的鼓浪屿救世医院。

传教士们同样热衷办学，以此服务传教。从1844年问世的福音小学始，怀仁学校、毓德女学、寻源中学、养元小学、英华书院等一批学校如雨后春笋般出现。

从19世纪末开始，洋人们引入的新鲜事物在鼓浪屿出尽风头：1860年岛上便出现了游艺场，可以打网球、板球、曲棍球。据一位英国人回忆，1878年他第一次到鼓浪屿，就看到教堂里有人在弹风琴了。鼓浪屿人学会了演奏钢琴、风琴、小提琴等西洋乐器，音乐成为生活不可或缺的组成部分。厦门第一支足球队，第一次运动会，第一次放映电影，第一个将摄影术引入中国，都发生在这里，可谓领潮流之先。

华侨掀起建设高潮

洋人开启了鼓浪屿发展的序幕，但鼓浪屿真正的市政建设高潮，是在20世纪初一批华侨回国潮之后。

之所以选择鼓浪屿，大概是因为这个小岛是动荡年代相对平稳的"桃花源"。因为是公共地界，各种势力都在这里保持中立，不敢造次。这样的"避风良港"，使得华侨敢于在此大手笔投资，财富大量集中。20世纪30年代初的鼓浪屿，成为全中国乃至世界上企业总部分布密度最高的地区之一。岛上现存的1100多幢近现代建筑，绝大部分建于这一时期，70%以上是归国华侨和漳州泉州两地的富商所建。

1949年7月22日，蒋介石在大陆的最后一夜就住在鼓浪屿。他对这个小岛很有好感，30年前受陈炯明排挤，曾到这儿避居解闷，日记中写道"吾能住此三足月，养气读书，则无上之幸福也"。此后10月7日，中秋节次日，蒋介石从台北来厦门给军队慰问鼓气，不过当晚便返台了。狂澜既倒，8天后，解放军经过激烈一战登临鼓浪屿，国民党守军撤往小金门。鼓浪屿的历史翻开新的一页。

惊人的历史密度

1942年，美国归正教会在纽约举行了纪念在华传教100年的活动，主持人正是作家林语堂的夫人廖翠凤。林语堂的父亲林至诚，也归属归正教会，是闽南最早的一批华人牧师之一。林语堂在鼓浪屿读中学，后在圣约翰大学恋上了鼓浪屿名医之女陈锦端，但最后啼笑因缘，娶了陈家的邻居廖翠凤，同样成就一对佳偶。现在漳州路 44 号的林语堂故居，是曾经的廖家别墅，1919 年两人在鼓浪屿成婚后就住在二楼的一个房间。作家后来从这里走向世界，向西方介绍中国，他用英文写成的《京华烟云》，不少故事取材自鼓浪屿的几个家族，又让林语堂赢得诺奖的提名。

  这便是在鼓浪屿漫步的迷人体验，找出历史的一个线头，便可拎起一串掌故与遗事。从近代以来，小岛古老的坊巷中，走出了一批最早接受西方文化的知识精英，影响遍及中国与世界。鼓浪屿历史文化陈列馆的"名人堂"，名字骄傲地铺满了一面墙。这是地灵与人杰的互相成就。

在瓦拉纳西寻找心灵归宿

马 剑

在印度教教徒的心中，人生有四大乐趣——住在瓦拉纳西、结交圣人、饮用恒河水、崇拜湿婆，其中三个都在恒河左岸的瓦拉纳西，这里被认为是印度最古老和最神圣的城市。

旅馆的房间分为三个档次，空调屋、电扇屋和多人间的凉风屋——在天台用简易的钢板搭成的房子。偌大的凉风屋里摆着七八张床，真正入驻的只有我和一个来自孟买的小伙子巴迪。临近傍晚时巴迪告诉我恒河岸边有夜祭，可以一起去。

恒河缓慢而悠长，不少人在河边沐浴，印度人相信这样即可洗涤污浊的灵魂。有的人还会在河中漱口、喝水。"不怕得病吗？"我问巴迪。"不会，这是圣河，是可以治病的！"巴迪随即在河边用手捧起一口水喝了下去，我鼓了鼓勇气，还是放弃了治病的想法。

一个赤裸上身满头白发的苦行僧走到我和巴迪的面前，用手中的颜料为我俩的额头各点了一颗红痣，老人双手合十嘴里不知在说着什么，大概是祝福的话吧。当人们听到清脆的祭祀铃声，就知道仪式要开始了。六七个面目清秀的祭师手持蛇灯、烛台等法器一字排开站在祭台前，法器不停摇晃、舞动，并伴随着吟唱，像是在与圣河中的神灵对话。

巴迪双手会随着仪式的进行上下舞动，一副神往的样子。"你想去当祭师吗？"我问道。"不，他们是婆罗门，只有他们才可以。"巴迪告诉我，他属于吠舍，只能做些普通的工作。"印度的种姓制度早就废除了，可现实还是这么的不公平。"巴迪抱怨道。正说着，一个皮肤黑黑的小男孩从身边走过，巴迪本能地将身子往后退了一下，并示意我也往后退，"怎么了？""不能和他们触碰，否则会倒霉的。"细问才知道小男孩是达利特人，在印度种姓观念中他们被认为是不可接触者，是肮脏的人。刚刚还在谴责种姓制度的巴迪，依然不由自主地遵守着种姓制度下的尊卑。

为了能解脱世间的苦恼，或是攀升进上等族群，众多的印度教徒不远千里来到这里，希望将自己安葬在瓦拉纳西。印度教徒一般都认为能在瓦拉纳西死去就能够超脱生死轮回的厄运，在恒河畔火化并将骨灰撒入河中也能超脱生前的痛苦。

火葬场周围堆满了用于焚烧的木柴，有人专门做贩卖木柴的买卖。岸边有人将去世的亲人用棉布包裹，放在木头搭成的架子上，周围的人在为亡者举行超度仪式，随后便焚烧起来，最后将骨灰抛入恒河中。听当地人讲，种族高贵的人家常会用檀香木焚烧，而普通人家则用一般的木料，至于穷人，会将包裹的尸身直接抛入恒河。

除了沐浴恒河，瓦拉纳西众多的寺庙也是信徒们朝圣的对象。巷子里有一座曾多次重建、距今已3000多年的印度教湿婆神庙，寺庙高十几米的塔镀了800公斤的黄金，因此也称为金庙，是当地香火最旺的寺庙。和巴迪赶到时，等待进寺的队伍已经排了几百米，长长的队伍不知道要排到什么时候。善男信女们竟没有丝毫不耐烦，想必排队本身也是种修行。

巴迪突然有点不情愿地对我说："你不用排队，你是外国人，可以走特别通道。"享有这种特权的人不止我一个，在瓦拉纳西每年都有大量的外国游客前来，甚至常住。穿行在密密匝匝管网似的街道，常会看到这样的场景，流浪的瘦瘦的圣牛和众多打扮奇异的洋人挤在一起，空气中夹杂着牛粪和人尿的味道，路边随处可见各国文字招牌的餐馆，偌大纷杂的世界，都在这个古老的地方汇集了。当地人也见怪不怪，在他们看来，西方人再多的物质享受，也不及精神世界的追求更让人显得高贵。

离开时，习惯了散漫生活步调且缺乏时间观念的印度人，让火车再次如期晚点了。候车的人们不紧不慢等待着，没有抱怨，没有不停地询问，一切依然都像是在自我修行。当火车穿行过恒河上的跨桥时，身旁一位盘腿打坐的印度大叔，虔诚而又依依不舍地望向车外的恒河，并将手中的硬币抛向窗外，嘴中默默沉吟着，像是在告诉圣河，他不带走任何东西，因为他在恒河已经找到了他想要的一切。

大理风花雪月

丹　增（藏族）

唐初，在大理洱海地区，同时出现了六个较大的部落，史称"六诏"。公元737年，南诏在唐王朝的支持下统一六诏，建立南诏国地方政权，臣属于大唐。宋代，段氏建立大理国，臣属于宋。元初大理设立上万户府和下万户府，相当于今地州一级机构。这里曾是云南政治、经济、文化中心，既有高大的城墙、雄伟的城楼，也有狭陋的街道、嘈杂的店铺。山水是人类美妙的伴侣，苍山洱海珠联璧合，奇妙至极，天下少有。

风花雪月是大理的名片和品牌。宋邵雍《伊川击壤集序》有这样一段话："虽死生荣辱、转战于前，曾未入于胸中，则何异四时风花雪月一过乎眼也？"这里风花雪月指的是四季的自然景色。《西湖佳话·孤山隐迹》云："惟以风花雪月，领湖上之四时。"当然以后《水浒传》《儒林外史》《喻世明言》中常用"风花雪月"，但含义指华丽的诗文言谈和男女欢爱的风流韵事。而大理以风花雪月来形容美景，是在大理本土相传了千年的谜语诗：虫入凤窝不见鸟，答是风；七人头上长青草，答是花；细雨下在横山上，答是雪；半个朋友不见了，答是月。相传了400年的一首民谣说："身披下关风，脚踏苍山雪，早看上关花，晚观洱海月。"下关风猛如虎，上关花十里香，苍山雪四季莹，洱海月每夜明，这是近期民谣。作家曹靖华60年代初，对大理风花雪月四景赋诗一首，对仗工整，其中点出"下关风、上关花，下关风吹上关花；苍山雪、洱海月，洱海月照苍山雪"。

我上学在北京、上海，工作在拉萨、昆明，入世深似一天，离自然远似一天。由于工作关系和对大理的眷恋，我15年去了大理30多趟，给我留下的不灭印象是下关的风乐、上关的花语、苍山的雪景、洱海的月色。

风是什么，有人说是上帝的呼吸，有人说是魔鬼的诅咒，还有人说是人间的幽灵。风是自然现象，是大自然不可或缺的组成部分，它给人类带来灾害，却把人锤炼得更加坚强；它给人类带来愉悦，也把人培养得悠闲自在。

我在西藏遇到过狂风，突起的大风，呼啸着、吼叫着，弥漫高天，以排山倒海之势袭来，横扫原野。羊群被风从山坡上卷着跑，大树被风连根拔起，地上的沙石、牛粪被风挟着吹向天空。尖锐的风可以调转，可以旋转，把大街小巷打扫得干干净净，还扯着人的衣襟，摘去人的头巾，沙子射向眼睛。

要说大理下关的风，那可叫风乐。我第一次到下关，打开车窗，扑进来的是温暖、清新、柔和、微带芳香的风。晚上住进海湾酒店，从门缝窗隙吹进来的风，呼呼作响，开始觉得似春风絮语，雪风夜曲，后来觉得这风似乎有乐感，像是笛声、琴声，又像是鼓号声、摇滚声。走在下关的大街上，风始终伴随着你，寸步不离，风把各种树吹动着、摔打着、摇晃着，树叶任随撩拨，树枝任随弯腰，甚至花草任随俯仰。这时我才感觉到，只有风才能使植物吹奏起音乐，不同的树木发出不同的声音，杨树的尖啸声、柳树的低吟声，榕树的怒号声，声声发出美妙的旋律，是男人心中烧出火来，是女人眼中带出泪来。

下关的风里还带出一些新翻的泥土气息和路边花圃的清芳。下关的风四季不断，神鬼莫测。古代民间产生了很多神奇的有关风的传说：位于下关的斜阳峰住着一只白狐狸，她爱上了下关的一位白面书生，美女和书生相爱相恋。住在洱海主宰婚姻的法师不许他们结婚，硬把书生带去洱海，投入江中。美丽的狐女为营救书生，去南海观音山借来装在大罐里的风，回到下关，把罐子打开，对着茫茫的洱海吹，想把大海吹干救出自己心爱的人。以科学解释，苍山十九峰太高，挡住了东西两面的空气对流，而靠近下关斜阳峰下的山谷中，一条江水波涛汹涌，穿峡而出，直奔下游的澜沧江，这又深又窄的峡谷是下关唯一的空气对流出口，因此风扬天揭地，正对着大理平川的下关。大自然决定，下关的风为东西向，自古下关的房为坐北朝南，所以才说下关的风不进屋。据说古时候，住在这里的人们在屋顶安上风向标来测定风向，为人们揭示了南北方向的概念。

大理人看惯了海景、山形、云影，他们超生命地热爱大自然，他们朴素的崇敬自然的感情，绝不会使大理在发展中堕落、在科学中愚昧。最近我去大理，春风拂面，令人心旷神怡。下关的风在耸立的高楼上空不动声色浩浩荡荡地行军，大地上能听到一股微微的鸣声。下关的风也在那些狭窄的街道、宽畅的马路间穿行，将那些纸屑落叶吹得飞舞。在大理公馆一位老人告诉我，谙熟风向的大理人，永远喜欢风，动物是顺着风向活动，人亦不能逆着风向而行，只要人不凌驾于自然之上，风就绝不会停息。

沁河水流长

王锦慧

沁河,从远古一直流到今天。流过人类文明的发源地与聚居地,流过"枕山、环水、面屏"的古村落,流过壁垒森严、气势非凡的古堡群,流过往来不断送行舟的古渡口……

在沁河流过的地方,还坐落着一个"中国历史文化名村"——山西省沁水县尉迟村。尉迟村原名吕窑,因隐匿于此的唐代名将尉迟恭而更名,因出生于此又长眠于此的人民作家赵树理而扬名。

正值土豆开花的季节,沁河两岸飘萦着清新的泥土芳香。跨入村前高高的"树理门",穿过村中长长的民俗文化街,就到了村西赵树理的故居。这是一座典型的北方农村四合院,由其先祖始建于清乾隆年间。院子坐北朝南,有堂屋,有东西耳房,所有建筑均为砖木结构的二层楼阁。驻足,抚摸,怀想……我追寻着先生隐入时光深处的背影，在心里默默与他交谈。

话题自然离不开《小二黑结婚》，我向先生讲述了前往故事发生地山西省左权县芹泉镇横岭村的所见。

低矮简陋的庄稼院散落在沟壑两边，高大壮实的杨柳榆槐们投下片片绿荫。没有鸡鸣狗吠，一片寂然安谧。原来，因地处太行山腹地，贫困如影相随，横岭村正往山下移民搬迁。

村里一口百年古井还在，原村公所的二层小楼还在，"小二黑"和"小芹"家的房子还在，虽已是断壁残垣，却见证过那个"像是农民又挂着几支钢笔"的作家，写《小二黑结婚》的日出日落。或许过不多久，它们便踪迹难寻了。

值得庆幸的是，横岭村实现整体搬迁后，"赵树理故居""小二黑院""小芹院""二诸葛院""三仙姑院"已修葺一新，都挂上了醒目的门牌。

话题也离不开《李有才板话》，我向先生叙说了前往"山药蛋派"发祥地山西省左权县麻田镇交沟村的所感。

那日，见一座黑色墓碑立在村头。碑志记载：该村穷苦农民李有才，系赵树理《李有才板话》的创作原型。于1991去世。

身后尾随着一只黄狗的老汉，帮我们喊来了李有才的儿子李德胜。他说："赵树理和我父亲住过的老房子在山上，离这儿还有6里地。"说着，便带我们沿羊肠小道向山中进发。丛生的荆棘荒草拦腰，凶猛的长蛇夺路而过，突然传来采药人的吆喝声让人毛骨悚然。真悔不该来，却没了退路。

我们气喘吁吁地攀上峭壁，终于找到了老房子。可惜面目全非，没有了院墙和房顶，屋内茂盛的杂草中长出4棵大树。先生描述的"前边靠门这一头，盘了个小灶，还摆着些水缸、菜瓮、锅、匙、碗、碟……"这些场景更无影无痕了。

在靠西墙正中坍塌的土炕上，先生曾和李有才同榻共眠了半年多的光景。他觉得这位庄稼汉通过编快板向欺侮百姓的地主恶霸"扔砖头"，俨然是一位智慧的农民政治家，"我要为他立传！"

这年底，《李有才板话》就出版了。从此，李有才名扬四海。

2020年11月28日，《李有才板话》暨太行抗战主题纪念馆在村中落成揭幕。一年后，李德胜溘然长逝。

风声响起，院中那棵直指云天的梧桐树向着赵树理安息的牛头山摇曳，好似冥冥中的召唤和指引。

拾级而上，迎面是苍松翠柏簇拥的先生铜像。他身穿中山服，坐在一把藤椅里，目光深邃地望着故乡。

尉迟村是先生长篇史诗《李家庄的变迁》原型村庄和创作地。

1945年，离家8年的先生回乡探亲，竟惊闻父亲被"清乡"的鬼子塞进茅坑放火烧死，他当即悲愤地拿起笔控诉入侵者的残暴。

那是寒冷的冬季，先生蜷曲在家中的小炕桌前，靠着破瓦盆里的木炭火取暖，夜以继日地写出了《李家庄的变迁》。

"头戴厚毡帽，口嚼小烟袋，身披粗布衣……"，作为"山药蛋派"的创始人，先生的作品纯纯正正地写出了农民生活的本色本质，不论岁月怎样青了又黄，都将在文学的殿堂傲然兀立。

然而，1970年9月23日，阵阵秋风拂帘而入，丝丝凉意令人伤怀。先生因受"四人帮"迫害含冤而去，年仅64岁。

沁河水流长。站在逶迤起伏的牛头山上俯视，可见清澈的河水像少女的绿色飘带，在松柏植成的"赵树理"不朽英名前盘桓流连，而后浩浩汤汤地传颂至黄河、至大海……

美是易损的

朱 鸿

经过长期的观察，我形成一个印象：美是易损的。

不过我仍在纠结，窃以为，美的衰耗非常复杂。美不仅是易损的，也是易逝的，然而这还不足以概括美的削弱和消磨。这是一个难以厘清的问题，我觉得对美的思考，是自己把自己陷进了麻烦之中。

实际上我追究的是女人如何就变老了。然而，老并非问题的全部，老也不能充分表达美是易损的，尤其老不意味着单纯的岁月累加或白发的纷呈。

女人变老应该包含着清少浊多，喜少怨多，魅少计多，善少恶多，情少贪多。当然也包含着年龄之大，齿历之长。不过岁月不会掏空美，白发也不能覆盖美。

纯属偶然，一个陌生女人引发了我的思考。

她应该是送报的,骑着自行车,满面春风地闯进了小区。脸俏,肤白,发秀,色棕,更有冉冉而动的眼睛与和悦的目光。雀斑微显,尤其增加了她的妩媚。她笑得自然,恬淡,平静,没有一丝一毫的谲波。

我在楼下碰到她,悄然叽咕,做这个工作,委屈她了。我还问,是谁的艳福,娶了她做妻子。如此而已,一晃而过。匆匆忙忙,半年未遇,也就忘了。

再碰到她,已经骑了电动车,除了送报,还驮了一筐瓶装牛奶。显然,她的业务范围扩大了。她的脸还是她的脸,眼睛也还

是她的眼睛，不过神情凝滞，闪烁着一些冷漠和虚空。她并没有老，然而我觉得她变老了。

美是易损的，我想。

仿佛一棵树，虽然它并非我的树，不过此树我也可以欣赏。顷见树叶飘零，虫啮树皮，我当然也会感到遗憾的，因为这个世界上的嘉木毕竟是少了。

实际上送报的女人没有从我的脑海断根净尽，她隐现着，又带出了一位少妇。

二十年前吧，我住出版社家属院，门外有一个夜市。一个初秋的晚上，突然在夜市的一角出现了一位少妇。红毛衣，大眼睛，素面，低眉，唯纤手在炉火上灵巧地翻动着。她的丈夫在旁边切肉，插肉，默默协助她。从初秋至暮秋，她的生意如炉火一样旺。食客总是里三层，外三层，吃烤肉，喝啤酒，偶尔抬头看一看少妇，再埋头吃喝，颇有节奏。我从来不吃烤肉，也不喝啤酒，不过出了家属院，我还是会在门外投目少妇。丰姿绰约，风采超尘，我暗叹她是陋巷之星。

两个月以后，我旅行返回西安，竟察觉她的润泽流失了，温情蒸发了，像一件万历十五年的瓷器受到掺沙的抹布的揉搓，怅惋她蓦地变老了。谁这么蠢，这么狠，竟用含沙的抹布擦拭瓷器呢！

美是易损的！

少妇又带出了一位姑娘，粲若玉兰，在云一方。

三十年前吧，读大学二年级，我耳下出了几颗粉刺，便往医学院去治疗。医学院门口是菜园，这里的白杨树下有一个书摊，由一位姑娘经营着。她短发齐耳，眼睛含情，略显羞涩，对我竟产生了十足的魅力。我以看书为借口，蹲在书摊旁边一瞄一瞄的。一本杂志刊有一篇黄河浪的散文，情景兼容，合我趣味，便掏出本子，一字一句抄起来。醉翁之意不在酒，这我知道，姑娘何等聪慧，她也应该知道。不过她一直微笑着，任我装蒜。治疗粉刺，只用了半个小时，为姑娘所吸引，沉溺于她散发的一种气性、气息或气味之中，竟是整整一个下午。直到夕阳拂地，姑娘暗示要回家了，我才收拾本子，依依而去。

课业颇重，交往也繁，这个姑娘遂藏之于心，忙我当忙的了。毕业以后，我至医学院探视一位老师，才在白杨树下又见到了这个姑娘。不料她声音生硬，眸子直旋直转，颐颊的娇晕也丢了。她也才20岁左右吧，但她却跑到时间前面去了。她的书摊已经升成书店，生意发展了，问题是她变老了。匆匆地，她就变老了。

是的，美是易损的。

我要追寻的，究竟是什么销蚀和侵害着女人的美？何故使美转瞬即逝呢？

有一天用晚餐，妻子做了蒜苗炒牛肉、芹菜炒豆干和炒菜花，

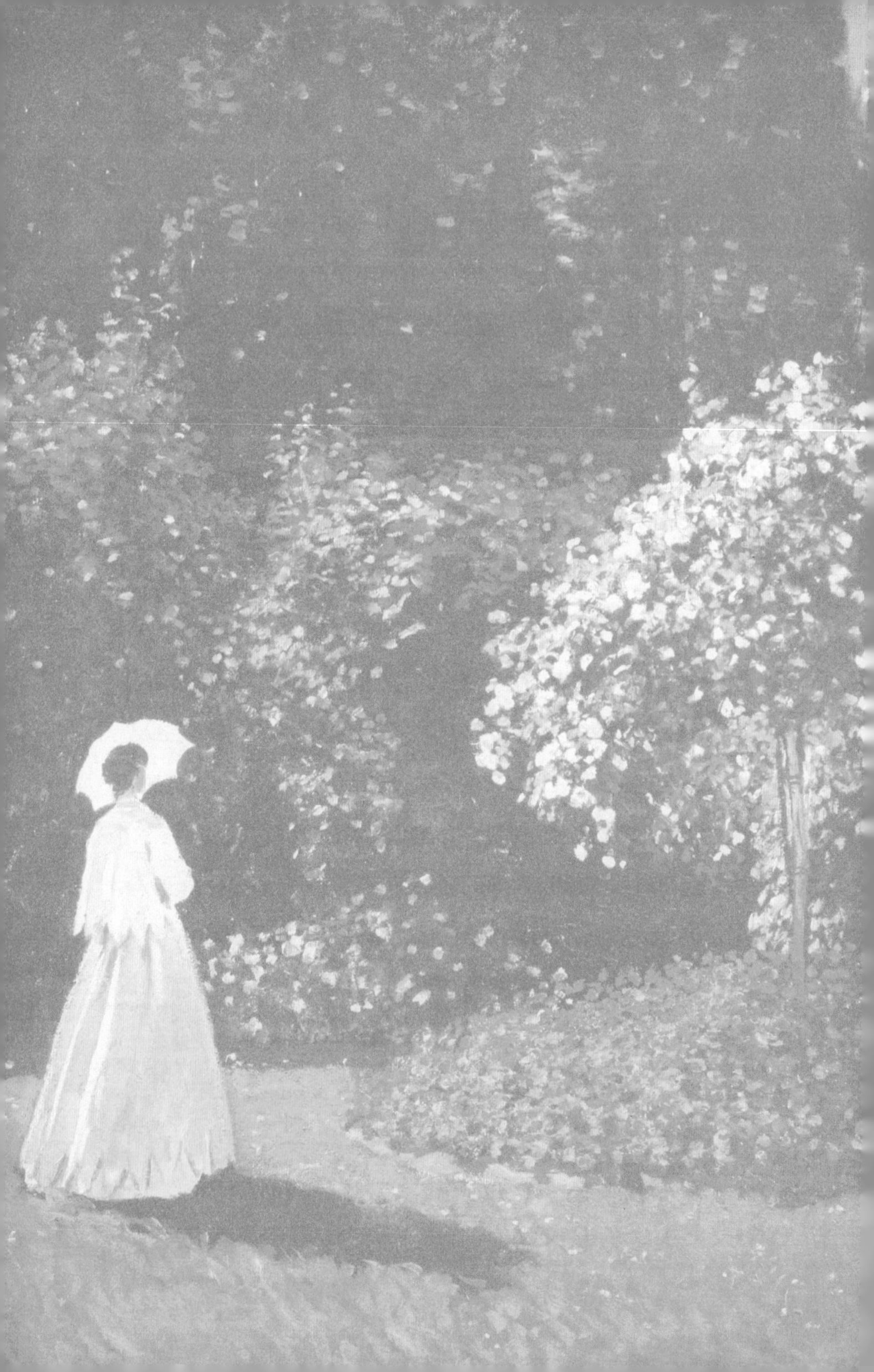

还做了一个西红柿鸡蛋汤。她一个一个端上桌子，并慢慢地调整盘子的位置，说："吃吧！"我静静地注视着她，忽然感伤地觉得妻子有一点陌生。我硬是忍着，没有流出泪水。

我认识她那年，她不足20岁。她的目光清纯，两腮光洁，额头和鼻子如希腊雕像一样精致，其齿若编贝，手若凝脂，是一位柔顺和善的良家子。然而滴露的玫瑰现在何处去了？蕴香的蕙兰现在何处去了？凌波的芙蓉现在何处去了？不知不觉之中，妻子竟褪落了青春，敛收了喜悦。虽然形影不离，也有恍如隔世的触动，并难过得让我心疼。日子之残酷，在于它能蚕食生命，并一点一点地减其美。

天下女人，没有不追求美的。茅庐里的女人和宫室里的女人对美的敏感是相近的，尽管她们所在的环境存在着冰炭之乖，云泥之别。也许正是对美的强烈乃至冒死的追求，女人的进化才呈长足和惊奇的状态。也许女人的进化，遵循的原则就是美。总之，女人越来越美，美的女人越来越多。女人的天性和本质，应该是美。

唐长安的女人颇为幸运，她们在历史特别豁达的一个间隙，尽情地展示了自己的美。摘去帷帽，一再低胸，并任性地画眉涂唇。她们还在春天往曲江池去，一边踏青，一边弄姿。弄姿，当然是展示美。

杜甫看到了这些女人，并为她们所吸引。他尤其赞叹韩国夫人、虢国夫人和秦国夫人的华贵。她们都是杨贵妃的姐姐，也是唐玄宗的大姨姐，皇家的亲戚。唐玄宗也很欣赏她们，大赐脂粉钱，以使她们翩然似蝶，灼灼其华。她们属于社会的上流，所以引领了唐长安的风尚。

杜甫吟咏道：

三月三日天气新，长安水边多丽人。
态浓意远淑且真，肌理细腻骨肉匀。
绣罗衣裳照暮春，蹙金孔雀银麒麟。
头上何所有？翠微㔩叶垂鬓唇。
背后何所见？珠压腰衱稳称身。

虽然杜甫深具儒家思想，不过他仍会喜欢杨贵妃及其姐姐的。他也批判，然而他批判的显然不是女人，更不是女人的美。恰恰相反，男人对女人的喜欢，尤其表现出对美的倾慕和向往，生成了一种鼓励性或促进性的力量，从而能使女人虔诚并大胆地追求美。杜甫为骚客，他以其诗汇入了鼓励性和积极性的力量之中。

女人进化着美，蕴蓄着美，提炼着美，终于融姿色、性感、声音、灵气和神韵于一体，也是为了繁衍、生存和发展。没有导师，她们也知道这一点。唯有美，才会招徕对她们的竞逐和争夺，并择得优秀的男人。

女人的进化，也是男人进化的杠杆。正如歌德所论："永恒之女性，引导我们上升。"

海伦显然有绝世之美，否则不会反复遭抢。她是宙斯与斯巴达王后勒达所生，这也决定了她非凡的品质。

还是姑娘的时候，便有两个青年忒修斯和庇里托俄斯结伴把她抢走了。不知道海伦如何激动了他们的爱，竟敢下此硬手。当然，海伦到底归谁，也还要通过抽签决定。忒修斯赢了，只是他得先藏起海伦，因为按照约定，他们需继续结伴再为庇里托俄斯抢一个妻子。当此空隙，海伦的兄长带兵抢回了妹妹。

厉害了，向海伦求婚的王子真是成群结队。经过艰难的挑选，她当了斯巴达国王墨涅拉俄斯的王后。海伦育有一个女儿，已经是母亲了，不过她依然熠熠生辉。特洛伊王子帕里斯羁旅斯巴达，对海伦一见钟情。海伦爱他也爱得神魂颠倒，竟随帕里斯而去。这属于私奔，而且是跨国私奔，闯了大祸。希腊组成联军，进攻特洛伊。一旦交战，便是十年。希腊英雄用毒箭射击，帕里斯死了，特洛伊也沦陷了。墨涅拉俄斯找到海伦，要杀她以雪耻。然而当他举起宝剑之际，忽然注意到海伦看他的目光满是娇媚和诱惑，便收起宝剑，拥抱了她，接着携其而还。她的美征服了希腊士兵，他们也并没有缘起海伦而远征，并作出巨大的牺牲就迁怒海伦。她的美平息了包括墨涅拉俄斯在内的整个希腊社会对海伦的怨愤。

为海伦打仗，便是为美打仗，值得！也许女人进化其美，就是要让男人勇于战斗。

可惜美是短暂的，像流水一样无法久居和长驻。为了保留自己的美，延长自己的美，女人往往不惜金钱，甚至不惜忍痛和忍辱。不过美毕竟是有限的，它会无可奈何地泄漏而渐丧。

女人到一定的年龄以后，便开始了美的流失。尽管这个过程很是缓慢，不过只要启动，就难以逆转了。变老之扰，萦绕于心，对女人也可能是难免的吧！

葛丽泰·嘉宝是著名的电影表演艺术家，其颇具策略，36岁便辟隐了。为了纪念她，曾经特设并授予其奥斯卡终身成就荣誉奖，她也婉拒露面。也许她想通过这种销声匿迹的方法，把自己的美固定在一个时代吧！除了葛丽泰·嘉宝，谁还能这样做呢！

李夫人也具绝世之美，但她却不会遭抢。她是汉武帝的皇后，谁敢闪念抢走她呢？何况后宫的保卫何等森严。即使李夫人另有所爱，并起私奔之意，也是插翅难飞的。

问题是她病了，而且十分严重。汉武帝牵挂李夫人，便去探望她。但她却以衾蒙脸，坚决不让看，这出乎汉武帝意料了。

当年她是怎样地美啊！李延年唱道："北方有佳人，绝世而独立。一顾倾人城，再顾倾人国。宁不知倾城与倾国？佳人难再得！"然而由于疾患之故，她容貌憔悴，自己认为是不能以燕惰见汉武帝的。虽然坚决不让汉武帝看她，但她却求汉武帝照顾自己的兄长李延年和李广利，并谆谆托付了她和汉武帝所生的儿子。

牵挂而见之不得，汉武帝就怏怏告辞了。

李夫人的姊妹怕这样会惹恼汉武帝，批评她怎么可以违逆至此。李夫人说："所以不欲见帝者，乃欲以深讬兄弟也。我以容貌之好，得从微贱爱幸於上。夫以色事人者，色衰而爱弛，爱弛则恩绝。上所以挛挛顾念我者，乃以平生容貌也。今见我毁坏，颜色非故，必畏恶吐弃我，意尚肯复追思闵录其兄弟哉！"

再没有比李夫人聪明的女人了！她洞察了男人包括汉武帝的心理，也透彻领悟了美的价值及这种价值降低的可能。她尤其懂得要抓住良机，让美的价值及时达成。李夫人做了非常正确的决定，宁愿招引汉武帝不悦，也不让他看颜色非故之脸。她更要趁汉武帝其爱未弛之际，用足她的美。

汉武帝对李夫人应该是有情的了，甚至颇为重情。李延年得封协律都尉，以李广利为贰师将军，得封海西侯。李夫人逝世以后，汉武帝常常想她，还曾经命方士在甘泉宫以灯影致其神。汉武帝也作赋抒怀，追思李夫人。如果当时汉武帝看到了李夫人容貌枯槁且不整不洁的样子，从而引起吐弃，还能有如此结果吗？

美渐渐退出女人的容貌，属于美是易损的一种表现形式。这是一个让女人叹息，并偶尔会忧挠或折磨女人的过程。

不过变老的过程也是一个更新的过程。只要不断给生命灌注智慧、正义和善,变老的状态便会转化为更新的状态。生命更新,美遂永在。

我见过高迈而美的女人。她们过去有,现在有,未来也有。她们就在我的朋友之中,当然也有远在天边的。

有时候美也会顿然覆灭。戴安娜王妃因车祸而死,36岁。杨贵妃因兵乱而死,也是36岁左右吧!

难道美就这样顿然覆灭了吗?美何其羸薄而易逝!不是的。

生命没有了,美会永在。

爱自己的最高级，是热气腾腾地活着

李 娜

我的第一份工作是在国企，女孩子们终日捧着茶杯悠悠度日。我们被告诫，女孩子不要那么拼，要爱自己。我们擦很贵的眼霜，买了一件件大牌风衣，可生活却沦陷在一平方米的井底。青春在家长里短的琐碎里翻腾，很快，就像那杯捧在手里的热茶，从沸腾到温吞，眼睛里的光芒逐渐黯淡下去。

我在旅途中认识的一个女生，27岁，在家乡小城做着一成不变的工作，她所处的环境对她的职业成长已构成了天花板。我们坐在洱海边的小酒馆，吹着风对着窗外的月亮聊天，她无限惆怅地说，好想和你一样去北京闯荡，去更大的平台，认识更专业的同行，可是大家都说，你何苦对自己残忍？我看着朦胧月影下那么年轻光洁的一张脸，却是老气横秋的沧桑感。

有趣的是，我在另一次旅行中认识了一个意大利姑娘，她34

岁那年捏着一张容不得人犹疑的机票，就从意大利跑到了美国，去念她喜欢的教育学硕士，把小鲜肉男友扔在国内。过去的10年，她是一线时尚杂志编辑，拼到很高的职位，在圈内风光无两，却敢于放弃半生积累和安稳的感情生活，换个喜欢的方向和国度重新开始。她告诉我，"哪怕不再年轻，我也想看看自己在喜欢的领域，会有怎样的收获和成长"。30多岁的姑娘谈起未来，脸上的雀斑都在跳舞，少女感简直要溢出来。

忽然觉得，一个人只有从程序化的重复中惊醒，去做真正热爱的事，才能链接到灵魂深处最深刻的共鸣。热气腾腾地活着，是对自己最诚实勇敢的表白。

29岁那年春天，我去北大听林奕华的讲座，因为很喜欢他的话剧。没想到这个1959年出生的香港男人，在讲台上那么年轻富有朝气。他眼神明亮而狡黠，在走道里走来走去，盯住你的眼睛问："你快乐吗？"那一刻，所有的伪装无处遁形。

他在开满樱花的四月天里对我们讲："不管你多少岁了，正在经历着什么，一定要问问自己，我还能有怎样的改变和成长。"那一刻我忽然决定：做点让自己真正快乐的事，看看会有怎样的改变。

我找回了一直热爱的写作。我在上下班的地铁里写，在午休时间鼾声四起的办公室里写，在无数静谧又漫长的深夜里，对着书桌前的一盏微弱灯光写。一年之后，有多家出版社约我出书了，我自己的平台也聚集了十几万读者。跨界做自由撰稿人，很多人投来鄙夷：你都30岁了。

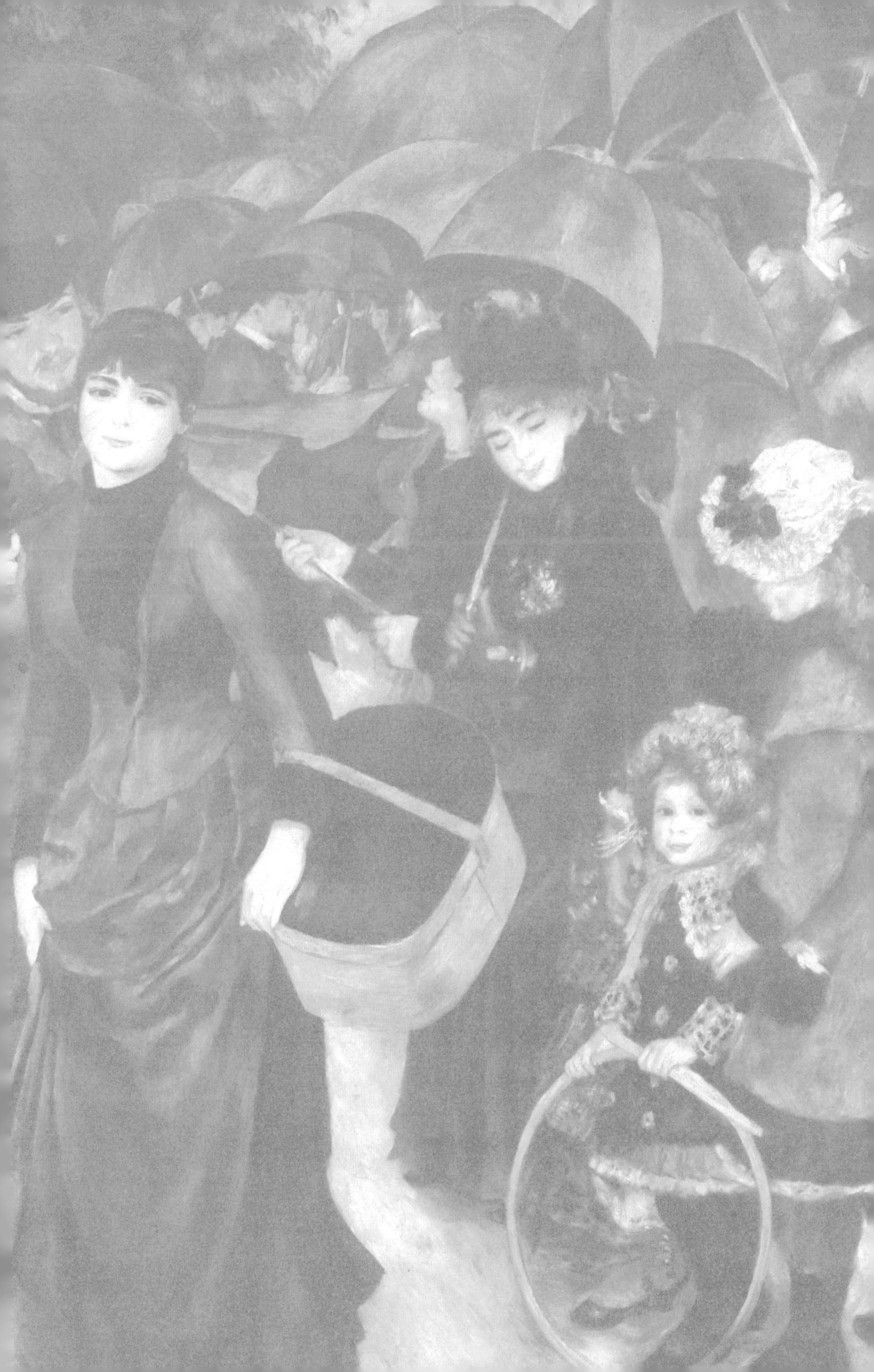

30岁又如何？我决定去过一种热气腾腾的人生，以梦为马，遍地黄沙，在文字的世界里浪迹天涯。

活得热气腾腾，对世界葆有好奇心和激情，你会发现，生活回馈给你的，是更加美好的自己。

我的一个女友，过去是个宅女，生活两点一线，每天在固定的换乘站，买一瓶同种牌子同种口味的饮料。我去她的城市旅行，发现她连最著名的景点都没有去过，城中好玩有趣的料理店她也闻所未闻，整个人无精打采。我叹气，你也太不热爱生活了。她狡辩，可是我对自己也很好的，每年也会买点硬货、出境旅行。

No，爱自己不是照着时尚杂志复制一份购买清单、花掉血汗银子换取朋友圈一年一度的旅行大赛。而是你在没有镁光灯的360个平常日子，是否活出了心中的热爱，是否每天醒来都有所期待。

后来那个女友谈起了恋爱，对方是个吃货，拉着她吃遍城中美食，带她去游泳健身。她从舌尖味蕾的探险里发掘到乐趣，开始尝试着打破安全感边界，去探索更大的世界。如今的她，整个人神采奕奕，读书、健身，跳拉丁舞，她说："热气腾腾地活着，我比以往任何时候都爱自己。"

是的，爱自己的最高级，是热气腾腾地活着；心中有温度和好奇，你才会感受到生命的蓬勃和意义，世界才显得更加宽阔而有趣。

图书在版编目（CIP）数据

是热气腾腾地活着 / 铁凝等著；《作家文摘》编.
—北京：东方出版社，2023.10
ISBN 978-7-5207-3533-9

Ⅰ.①是… Ⅱ.①铁…②作… Ⅲ.①散文集—中国—当代 Ⅳ.①I267

中国国家版本馆CIP数据核字（2023）第123328号

是热气腾腾地活着

（SHI REQI TENGTENG DE HUOZHE）

作　　者：	铁　凝　冯骥才　濮存昕　等
主　　编：	《作家文摘》
策划编辑：	鲁艳芳
责任编辑：	杭　超　何东辉
装帧设计：	万　聪
出　　版：	東方出版社
发　　行：	人民东方出版传媒有限公司
地　　址：	北京市东城区朝阳门内大街166号
邮　　编：	100010
印　　刷：	北京文昌阁彩色印刷有限责任公司
版　　次：	2023年10月第1版
印　　次：	2023年10月北京第1次印刷
开　　本：	880毫米×1230毫米　1/32
印　　张：	8.25
字　　数：	148千字
书　　号：	ISBN 978-7-5207-3533-9
定　　价：	56.00元
发行电话：	（010）85924663　85924644　85924641

版权所有，违者必究

如有印装质量问题，我社负责调换，请拨打电话：（010）85924602 85924603